KALBİN ANAHTARI

Aşkım Kapışmak

W0202408

Kalbin Anahtarı / *Aşkım Kapışmak*

© *2015,* İnkılâp Kitabevi Yayın Sanayi ve Ticaret AŞ

Yayıncı ve Matbaa Sertifika No: 10614

Bu kitabın her türlü yayın hakları Fikir ve Sanat Eserleri Yasası gereğince İnkılâp Kitabevi'ne aittir. Tüm hakları saklıdır. Tanıtım için yapılacak kısa alıntılar dışında, yayıncının izni alınmaksızın, hiçbir şekilde kopyalanamaz, çoğaltılamaz, yayımlanamaz ve dağıtılamaz.

Genel yayın yönetmeni Senem Davis
Yayıma hazırlayan Burcu Bilir
Kapak tasarım Gökçen Yanlı
Sayfa tasarım Derya Balcı

ISBN: 978-975-10-3538-7

15 16 17 18   10 9 8 7 6
İstanbul, 2015

Baskı ve Cilt
İnkılâp Kitabevi Yayın Sanayi ve Ticaret AŞ
Çobançeşme Mah. Sanayi Cad. Altay Sk. No. 8
34196 Yenibosna – İstanbul
Tel : (0212) 496 11 11 (Pbx)

İNKILÂP **Kitabevi Yayın Sanayi ve Ticaret AŞ**
Çobançeşme Mah. Sanayi Cad. Altay Sk. No. 8
34196 Yenibosna – İstanbul
Tel : (0212) 496 11 11 (Pbx)
Faks : (0212) 496 11 12
posta@inkilap.com
www.inkilap.com

KALBİN ANAHTARI

KELİMELERLE İYİLEŞ

AŞKIM KAPIŞMAK

İNKILÂP

Aşkım Kapışmak

Aşkım Kapışmak, 1979 yılında İstanbul'da doğdu. On iki yaşındayken Arif Sağ Müzik Evi'nde konservatuvar eğitimi aldı. Liseden sonra Marmara Üniversitesi Teknik Bilimler Meslek Yüksekokulu'na girdi. Marmara Üniversitesi'ndeki eğitiminden sonra Amerikan Üniversitesi Newport'ta Davranış Bilimleri-Psikoloji lisansını tamamladı. Türkmax'ta 2011-2012 sezonunda 'Buyrun Paylaşalım' adlı programı hafta içi her gün canlı olarak hazırladı ve sundu.

2012 yaz sezonunda Star TV'de 'Ayşe ile Alişan' programında her cuma 'İletişim ve İlişkiler' bölümünü hazırladı.

Show TV'de 'Simge Fıstıkoğlu ile Yeni 1 Gün' programında iletişim bölümünü hazırlayıp sundu. Kapışmak, Sadri Alışık Kültür Merkezi'nde iletişim hocalığına devam ediyor.

Türkiye genelinde çeşitli kurum ve kuruluşlara iletişim seminerleri vermektedir.

İnkılâp Kitabevi'nden çıkan diğer kitapları:
Kadınlar Sağdan Erkekler Soldan
Küçük Mutluluklar Kitabı
Terzi
Carpe Diem
Dolce Vita
Beni Benimle Aldatır mısın?
Hangi Anne Hangi Babasınız?
Aşkımın Beden Dili

Teşekkür

Bu kitapta yazanlar bana ait değil bana paylaşmam için nasip edilenlerdir. Kimse hiçbir şeyin uzmanı değil, ama herkes her bilgi paylaşan olabilir. Ben kalbime ve aklıma düşenler için şükürdeyim. Bir de sevgili dostum Emre Baştürk'e teşekkürdeyim. Yorumlarıyla yanımda olduğu için.
İnkılâp ailesine sonsuz teşekkürler, insan mutlu olduğu yerde mutlu edecek şeyler üretebiliyor. Bir de sevenler, takipçiler ve değer verenler. Sizlere teşekkürler, sizin geribildirimleriniz *Kalbin Anahtarı*'na vesile oldu.
İyi ki varsınız.

Giriş

Gözlerinle okşamayı bilir misin? Cümlesiz, kelimesiz sevmeyi... Bakanlardan değil, görenlerden olabilmeyi. Zamanı durduran bakıştır. Gürültüyü dindiren, korkuları güvene; endişeleri sevgiye; üzüntüleri şefkate döndüren okşamadır.

Hani ilk defa görüyormuş gibi yaratılanı, hoş geldin der bakışı. Öyle bir izleyiştir ki bu, her şeyde fırsatı, her şeyde sınavı, her şeyde sabrı ve gönderileni seyretmektir. İçini görebilmektir, canlı cansız her şeyin. İzlenen de güven, samimiyet doğurur. Varsa üstünde kir, hepsini temizleyen şifadır bu. Gözlerinle okşa gördüklerini, maddeyse tozunu silsin, insansa kalbini, çünkü gözleriyle okşayan baktığı her şeyde Allah'ı görür. O gözle bakılan ise kendini perdeleyen ne kadar kibir, öfke, kötülük varsa soyunur, çünkü Allah'ın yarattıklarının dünyalık kıyafetlere ihtiyacı yoktur. Lütfen, bu kitabı gözlerinizle okşayın.

Ses tonuyla sevmeyi bilir misin? Ne kadar kızgın olursan ol, "Sevdiğinden kızıyor" dedirten ses tonudur. Ne yüksekte durur tonun kafa karıştırır ne de çok alçakta olur zan yaratır. Öyle bir tınısı vardır ki ne hissin fitnesine ne de âcizliğin üzüntüsüne gebe kalır. Seni dinleyene akan vicdan tonudur. Ne anlattığına değil, nasıl anlattığına kapılır insanlar.

Yanından uzaklaşanın aklında cümlelerin, kalbinde tonlaman kalır. Senden sonra her ses gürültü gibi gelir. Tekrar seni arar hale gelir. Duyguların canlandığı, kendini gösterdiği sahnedir. Ses tonu, görünmeyen ellerdir, ya tokatlar ya da sever, okşar muhatabını. Önce sahibine sonra karşısındakine şifa olur. Hayatı yavaşlatan, sabrı aşılayan, vücudu dengeye sokandır ses tonuyla sevmek.

Senden ricam bu kitabı o güzel ses tonunla oku, paylaşmak istediğin bölümleri o tonla seslendir dostlarına.

Kelimelerle iyileştirmeyi bilir misin? Her bir harfin gücünü, şifasını duydun mu? Birkaç harfin dost olup kelimelere dönüşmesini, o kelimelerin yaralara merhem olduğunu işittin mi?

Her acı, cevabını arayan sıkıntı gibidir. Tüm cevaplar dünyaya yayılır. Bir kitaba paragraf, bir elmaya yaprak, bir insana cümle, Ay'a yıldız, Güneş'e bulut olur. Allah'tan istediklerine bak. Hangi cevap bir sözle, bir gözle, bir rüya ile geldi huzuruna?

Ey, sevgili okuyucu,

Sende de bir sürü cevap gizli. Konuşacağın her söz, kuracağın her cümle, dilindeki her kelime bir başkasının merhemidir. En basiti "Nasılsın?" dersin, yalnızlığına merhem olursun sorduğun kişinin. "Özledim," dersin, sevgiye ihtiyacı olanın ilacı olursun. Yanlış, kötü, keskin kelimelerle kimseye ceza kesme, kimseyi küçültme.

Öyle güzel, öyle güçlü kelimeler yerleştir ki diline, duyan Allah'a şükretsin sen varsın diye. İki türlü iletişim kurarız. Birinde güzel kelimeler kurup muhatabımızı Yaratan'la; diğerinde kötü kelimelerle, şeytanla baş başa bırakırız. Siz yanlarından uzaklaşınca, arkanızda kalan insanları sizinle ilgili şüphede bırakmayın.

İnsan en sık kullandığı kelimeler ile geleceğini inşa eder. Sen ağzından çıkanı uçar gider sanırsın. Her kelimenin gideceği yer vardır evrende. Milyarlarca insanız, milyarlarca kelime üretiyoruz. Hepsinin yeri belli, yurdu belli.

Toplanır hepsi Allah katında, kimi dua kimi de beddua olur. Mutluluk istiyorsan, mutlu konuş. Huzur istiyorsan, huzurlu konuş. Zenginlik istiyorsan, zengin konuş.

Kelimelerle iyileşir insan, dünya kötüye gidiyor diyenler;

Aslında kötüler çok konuşmuyor, sadece iyiler susuyor.

Bazen hak ettiğimiz
için, bazen de
gelecekte sahip
olacağımız güzellikler
için şimdiki zamanda
kaybederiz.

Anlam Arayışı

Düştün, kalktın...

Anlam veremedin bir türlü yaşadıklarına, sürekli sordun, cevaplar bulmaya çalıştın. Tam buldum derken tekrar uçuştu kelimeler, zihnin bıraktı kendini hayallere. İçin hiçbir zaman kabul etmek istemedi, niye benim başıma geliyor hep diye söylendikçe, sadece sen yaşıyorsun sandın.

Her zaman iyi yerlerde olmak istedin kendine göre, fakat acı çekmek aklına hiç gelmemişti. Hayallerin yıkıldıkça gerçekliğe bir adım daha yaklaştın, korktun, içine kapandın. Oysa sen korunmaya başlamıştın. Verilen aslında sana bir nimetti.

Geçmişi düşündün, yaptıklarını. Sonradan daha büyük sıkıntı çekmektense, şimdiden çektiğine şükretmeye başladın. Her kaybedişinin, her anının aslında daha büyük bir adımı atmak için bir basamak olduğunu görünce, içinden ne kadar gelmese de küçük adımları önemseye başladın.

Kalktın, artık bu düşmelerin sana engel olmadığını, aksine seni daha da güçlendirdiğini gördün.

Akıllı insan, çok
konuşmak yerine
hem kendisi hem de
başkaları için fayda
sağlayacak insanları
konuşturandır.

Dibi Berrak Bir Kuyu

Çağımız sadece anlat, konuş, içinde hiçbir şey kalmayana kadar tüket diyor. Tarihimiz ise, sükûtun aslında çoğu zaman konuşmalardan daha etkili olduğunu bizlere söylüyor.

Kelimelerin fazlalığıyla karşımızdakini etkileyeceğimizi düşünürüz, oysaki çoğu zaman en yakınlarımıza bile yıllarca bir konuyu anlatamadığımız olmuştur ve olacaktır da. Çok konuşmak zaman içinde "karşımdaki insana o kadar konuşuyorum, değişmiyor" düşüncesiyle egonun yanlış beslenmesine de neden olmaktadır.

Susmak diyor, ne kadar da zor; bildiğim bir konuda sessiz kalmak ve sadece dinlemek. Nereden biliyor ki bir başkası o konuyu ondan daha iyi anlatamayacağını; bunu kabullenmeye başladıkça, nefsinin sesi azalmaya başlıyor ve doğrular yavaş yavaş açığa çıkıyor.

Kendisine sessizce fısıldıyor: "Senden daha iyi bilen her zaman vardır."

Hayatta bazen öyle
zannetsinler diye uzak
kalmayı bilmeli. Gizli
dinlenme, gizli dualarla
beslenmeli insan, çünkü
hayat ortalıkta huzurla
gezdiğin bahçe değil
artık, kurtların gizlendiği
bir orman...

Gözkapakları

Doğduğun an başladın ağlamaya ve hep güven aradın. Yıllarca arayışın sürdü, fakat tam olarak güven duygusunu yaşayamadın.

Hep yan yana olmak güç verdi sana, fakat içinde hep bir adım vardı farklı yöne gitmek isteyen.

Bir gün daha bitti ve gözkapakların artık seni en güvenli ana bırakıyor, rüyalara. Hiçbir şey bu kadar dinlendirmemişti bu defa, tekrar uyabilmenin umuduyla huzur doldun, tüm hesapları geride bırakarak, mevki makam sahibi de olsan, sadece insanlığınla uyuyordun ve âcizliğini hissettin, gözkapaklarına bile engel olamıyordun, uyandırılmayı umut ettin.

Yapacağınız hatalara pusu kurmuş
insanlar çok etrafınızda. Onlar
yanlışlarınızı avlarlar. Ağızlarında
sakız gibi çiğner ve kusarlar
ortalığa. Hatalarınızla beslenirler,
kıskançlık, kin, hırs, bencillik dolaşır
damarlarında. Siz onlara rağmen,
hiç hata yapmamaya çalışmayın.
Hatalar da bizdendi, iyidir çok
tekrarlanmadıkça. Siz o insanlardan
olmayın yeter, insanlık adına.

İrade ve İyilik

Hep düşünür insan bu kadar sıkıntı oluşturanlar varken, ben hangi tarafta olmalıyım diye. Zihnine binlerce şüphe düşer ve zanneder ki bile bile yanlış yapanların güzel bir hayatı var.

Kendi hayatına bakar, hak yememeye çalışır, gülümser ve elinden geldiğince iyilik için koşturur, ancak hâlâ daha kendisi mutlu değildir, oysaki iyi şeyler yapmakla sonucundan anlık mutlu olabilmeyi birbirine bağlamıştır. Kandırmıştır nefsi yine onu, oyunlar oynamış, onu vazgeçirmeye çalışmıştır. O sebeple vazgeçmeyi düşünür, kendi düşünceleriymiş gibi sarılır nefsinin sözlerine, oysaki nefis hep kötülüğü istemektedir.

İyilik yapmaktan, anlık mutluluklara koşar, bakar ki ruhu daralmaya başlamıştır. Ruhu daraldıkça, bir adım daha uzaklaşamamanın sonucunda mutlu olmaya başlayacağını zanneder, ama daha da derine kendini sürüklemeye devam eder.

Artık aynaya baktığında eski halini görememektedir, "O eski halimden eser yok şimdi" mısralarını söyler, iki yabancı olmuştur artık kendisi ve aynadaki yansıması.

Kızma yağmura haziranda geldi
diye! Ne olmuş? Kızma yerkabuğuna
hareketlendi diye! Güneş ısıtmıyor,
rüzgâr serinletmiyormuş! Belki de kızgın
Dünya bize. Onlar değil mi hiç bıkmadan
görevlerini yerine getiren. Asıl kendimize
kızgın olmalıyız. Çok geç kalıyoruz
sevmeye ya da çok erken başlıyoruz
öfkelere. Birbirimizi bulmadan iyilikle, ne
doğa duracak ne de gökyüzü! Onlar çığlık
atıyordur, birbirinizi bulun diye. İnsanın
iyileşmediği bir dünyada doğa hastalanır.
Kendine gelsin diye insanlar.

Çevrimiçi Saatler

Yeryüzüne gönderilme amacını sormaya başladığın anda, ilk aklına gelen soru şu olur her zaman: "Peki, benim bu dünyadaki konumum nedir?" Varlıklar hiyerarşisine göre yeryüzünde her şey kendisine hizmet etmek için var olan, sadece insandır.

Genelden özele inerek, kendini bu konumlandırma noktasına getirmek için düşüncelerinde de zamana ihtiyacı vardır insanın. Bu duygu çoğu zaman, insan dışındaki diğer canlı ve cansız varlıklar bana hizmet etmek için varsa, onlara istediğimi yapabilirim duygusuyla davranmaya iter insanı. Zarar verir ve vicdanı sızlamaz, acı çektirir, gerek vardı der, hep bir gerekçe bulur yaptığı haksızlıklara.

Allah insanlarla olaylar diliyle konuşur. Hep bir mesaj vardır alabilene, almak içinse bilinçli bir çaba ve kalbi temizlemeye çalışmak lazım gelir. Bu mesajı alamadıkça insanın doğru olana dönmesi için daha farklı ve daha şiddetli mesajlar gelir, çünkü her ruh güzeli arzular ve sonsuzlukla bütünleşmek ister.

Hani bir daha yapmayacağım
dersin ya, dikkat et bu cümleye.
Söylediğin andan itibaren
başlar samimiyet sınavı. En
sevdiğin kişinin elinden, dilinden,
gözünden gelir önüne, yapmam
dediğin şey. Ona da kocaman
bir HAYIR dediğin zaman
geçersin sınavdan.

Mesafe ve Zaman

En güçlü hissettiğin anda, kendinin, sözler söylemeye ehil biri olduğunu düşünürsün, milyonlarca kelimeyi fırlatırsın ok gibi sanki hedefine kesin ulaşacakmışçasına. Bakarsın ki o okların çoğu sana dönmeye başlamıştır, ne kadar uzağa söylersen o kadar hızlanır ya. Sana da daha hızlı geri döner, mesafe artmıştır artık. Söylediklerini karşılama kapasiteni artırman lazım ki sana daha sert geri döndüğünde karşılayabilesin.

Yaparım veya yapmam dediklerin anbean imtihanın olmaya başlar, artık söylediğin sözlerin esirisindir.

İnsan ise şunu seçmeli, mahkûmsa her söylediği kelimenin, başı dik bir şekilde, eğilmeden doğru yönü olmalı ki; sadece kısa vadeli hisleri kapsamamalı ki; sonsuz güzelliğe insanların gönlünde bir çağrı olabilecek olsun ki mahkûmiyet gibi görünse de özgür hissetsin kendini.

Kalbi kendine dili başkasına çalışan insanlara dikkat edin. Yanınızdayken hep sizin iyiliğinize konuşurlar, uzaklaşınca kalpleri sadece kendi çıkarları için atar. Şimdiki zamanda çoklar. Kendilerini şöyle ele verirler: Çok konuşurlar, hep sizi överler; sizin için hep iyiyi isterler ama sesli sesli yaparlar. İyi zamanlarınızda kaybolurlar, çünkü onlar kötü anlarınızdan beslenirler.

Küflenmiş Tablo

Kendimizi farklı gösterme arzusu çoğaldıkça, farkında olmadan karşımızdaki insana abartılı davranma sürecine gireriz. Sürekli onun yaptıklarını çok önemliymiş gibi göstermeye çalışırız.

Çoğu zaman yaptıklarından sonra kulağına fısıldamak isteriz, başarılarıyla hep bir aferini bekler, çocuk gibi değerlendiririz.

Aslında bizler onlara en fazla zararı veririz ve sürecin nasıl işleyeceğini kestiremeyiz. Kendi kendimizi batırmaya başlarız ilk önce başkasının gözünde ve o gözler kaybolunca da kendi benliğimizde bu sefer kaybedişler başlar.

Oysaki, biz hep birlikte olacağız, güzel ve süslü bir hediye paketi gibi yaşanacak her şey zannettik. Öylesine yaşatmaya çalışırız ki, açtığımız zaman ise beklenmedik bir hediye vardır içinde. Kırık bir ayna, hem bize hem de karşımızdaki insana paramparça göstermeye başlar.

Demlenmiş sevgiler lazım
bize, pişmemiş duyguların
tadı hep eksik. Birbirimizi
bulmanın vakti değilse
eğer, biz daha başka
gönüllerde demleniyoruzdur.
Sen piş sevdiğim, ben
de demleneyim biraz.
"Şeker alır mısın?" derlerse,
"bozmayalım tadımızı," deriz.

Şemsiyenin Islanmayan Yeri

"Acaba, âşık olacağım ve evleneceğim kişi şu an ne yapıyordur?" sorusunun içinde buluruz kendimizi çoğu zaman. Belki de o an farkında değilizdir, fakat otobüste hemen arka koltukta oturuyordur, yani çoktan yola çıkmışızdır birlikte. Hep yan yanaydık, belki çok yakındık, ama bir türlü aramızda o duygular belirmedi veya biz fark edemedik. O anlarda, daha ikimiz de birbirimize hazırlanmaya devam ediyorduk çünkü.

Sokak sokak, ıslana ıslana, acı çeke çeke, her adımını yaşayarak hazırlanır insan gerçek aşka. Zamanı vardır, elbette yaşananların hepsi anlamlıdır. Senin ve onun isteğine göre değildir, bilmediğini isteyemezsin ki. Sen istediğini zannedersin, ancak hazır olmak ve yaşadıkların senin elinde değildir.

Her adımını bir ümide atarsın ve belki de sokağı döndüğünde artık karşı karşıya kalmışsındır. İkinizin de paçalarında aynı çamurlu sokakların izleri vardır, birbirinizi oradan tanırsınız.

Tüm hatalarımızın ardında sevilme ihtiyacımız vardı. Tüm mutluluklardan sonra, sadece seven olduğumuzu anladık. Hangisini yapmalı? Sevmek mi? Sevilmek mi? Yanlışla doğru kardeş olur mu? Seçim benimse eğer tek bir suçlu var, o da benim. Bir de kahraman var, o da ben. Karışmayın dünyama, düşerim de kalkarım da.

Başrol ve Figüran

Hatalarımızdan sürekli olarak öğreniyor ve sonraki adımlarımızı daha doğru atabiliyorsak eğer, neden hata yapmamaya çalışıyor ve sürekli olarak mükemmeliyetçi bir tavra bürünüyoruz?

Çoğu zaman bu çelişkiyi yaşarız; hep kendimizi geliştirmek isteriz, ancak bu gelişmeyi de gül bahçelerinde sürekli hoş vakit geçirerek yapmaya çalışırız.

Kendimiz için düşündüğümüz amaçlarımız çok yüksektir, ancak bunun için elimizden geleni yapmayız; örneğin sabah erkenden kalkamayız, yani vermeden almaya alışmaya çalışırız; oysaki hayat sürekli alışveriş halindedir ve ancak mutluğumuz hesabı ödeme noktası geldiğinde yerini hüzne bırakır.

Ne zaman ki sadece beni sevsinler, sürekli sevileyim düşüncesiyle insanlara karşı tavır takınıyor ve bu şekilde hareket etmeye başlıyoruz, işte o zaman egomuzu kutsamaya başlamak için de bir adım atıyoruz. Bu bekleyiş ise insanda; hayatının normal akışı içerisinde gayet doğal olan sıkıntılar geldiğinde, başına gelenleri kendine yakıştıramamaya ve olanlarla yüzleşememeye meydan veriyor.

Korkularımızdan ördüğümüz duvarlar yüzünden dışarısını göremez olduk. Zannediyoruz ki, ne kadar saklanırsak o kadar zarar görmeyiz. En büyük zararı kötülere rağmen iyi olduğumuzu zannedip evden çıkmayarak insanlığa yapıyoruz. İyiyseniz ses verin, kaleminizi kullanın, çalışın, üretin, yeri gelirse bağırın. İnsanlık adına çığlıklar atın. Gün gelir, sessizliğin hesabı da sorulur.

Açılmayı Bekleyen Kanatlar

Yaşadıktan sonra hep iki ses duydun omuzlarının üzerinden kulağına doğru fısıldayan: "Keşke yapmasaydın, gördün işte olmadı yine." Vazgeçtin sen de, bıraktın kendini yaşarken gördüğün gerçek olamayan rüyalara; uyanıkken uykudaydın aslında. Hiçbir şeyi görmek istemeyen devekuşu gibi gömdün kafanı kumlara.

Hayallerin vardı ardı ardına kesilmeyen, sürekli olarak hızlı hızlı anlatmaya çalışırdın. Hep iyilikler yapacaktın başkaları için; bu yoldan seni kimse döndüremezdi, her nefesini ve yorgunluğunu bu yola adamıştın; işte en güçlü hissettiğin anda en zayıf damarından yakalandığın ve ne kadar korktuğun sana gösterildi.

Oysaki, yine oyun oynandı zaten egon tarafından. Evet, korkularının olması normaldi, ancak amaç bunun daha fazla olduğunu zannettirmekti sana ve sen de inandın.

Rahatsız etmek istememeye başladın kendini, ne kadar rahat edemezsen, o kadar başkalarının rahat olacağını ve sonucunda kendinin de rahatlayacağını unuttun.

Yaratılma amacına ters hareket etmeye başlayınca; hazlarının seni sürekli olarak huzurlu hissettireceğini düşündün, oysaki mücadele etmen gerekirdi, bu daha kolaydı, çünkü sürekli olarak yanlışlamaya çalıştın seni var eden değerleri.

Gün geçtikçe fazlalaştı borçların. Ödemek için hangi zamanı bekliyorsun, neden erteliyorsun?

Bir nefes alıp vermen ertelendiğinde, bedenen son bulurken her şey, ruhunu yaşarken yavaş yavaş sona yaklaştırdığının farkında değil misin?

Hani yaralıyım diye gelip
hayatınıza girenler var ya, sizi
âşık edip karabatak olanlar.
Alışmışlardır onlar başkalarında
pansuman edilmeye. İyileşene
kadar yanında ilgiliyi oynarlar,
sen beklentiye girince de hazır
değilim tafraları. Kırın bir önceki
gibi egosunu, onlar acı verene
âşık olurlar, iyileştirene değil.

Ağrı Kesmeyen İlaç

Kendini bir hasta bakıcı gibi konumlandırdıkça, bulacak seni de hastalar. Senin iyiliğini düşünüyorum deyip de aslında en yakınına kadar gelip, hasta bakıcıya da kendi hastalığını bulaştıranlar. Sen de hasta olmaya başlarsın iyileştireyim derken, tüketilirsin sonuna kadar ve sadece posası kalmış bir meyve gibi kalakalırsın.

Oysaki yapmazdı o, oysaki seni senden daha çok düşündüğünü söylerdi, hep mutlu olacaktınız ya hani, hep pembe rüyalarda yelkenliyle dolaşacaktınız. İşte bu anlardan sonra her şey tersine dönmeye başlamıştır, yelkenler alabora oldukça, denizler kabardıkça, sorunlar büyüdükçe çırpınmaya başladın.

Hâlâ umudun vardı, can simidi olurdu sana.

Sevgi tanımaktır. Ya kişiliğinizi ya da dişiliğinizi öncelikli severler. "Çok güzelsin, hoşsun, şöyle başkasın" vb. cümleleri sevgi ifadesi zanneden kadınlar erkeklere bağlanırlar. Kişiliğe yatırım yapın, dişilik sonuçtur. Öne cinselliği alan her ilişki, sonunda kişiliğinize zarar verir. Bazı erkekleri karakterinizle eğitirsiniz, cinsellik erkeklerde sevme ve sahiplenme ölçüsü değildir.

Dıştan İçe Seyahat

Ne zaman ki birlikteliklerde karşımızdaki insana sadece haz gözlükleriyle bakmaya başlıyoruz, işte o zaman uzun vadeli, kalıcı bir ilişki kuramıyoruz. Samimiyete dayanmayan, sadece beden üzerinden ve birbirini beğenme üzerinden konumlandırmalarda; insanlar bir süre sonra bu ilişki düzeyini yeterli görememekte ve bu yetersizlikle birlikte ruhsal problemlere yelken açmaktadır. Bu tür sıkıntılar aslında sürekli olarak bize şunları gösterir.

Gerçek sevgi dediğimiz olgu doğru duygularla başlar, eğer ki bizler sadece beğenilme duygumuzu bir insan üzerinden tatmin ediyor ve sırf bu duygumuzu devam ettirebilmek için bir ilişki kuruyorsak, hem kendimize hem de karşımızdaki insana haksızlık yapıyoruz demektir.

Her insan uzun vadede güzeli, huzur ve mutluluğu ister, dürtü ve hazlar ise bizleri kısa vadede mutlu olmaya teşvik eder, içinden geleni hemen yapmanı ve adım adım merdivenleri çıkaracak sabrı değil; sadece kendini düşünmeyi öğütler.

Aslında bu tür bir ilişki sarmalını oluşturmayı karşımızdaki insanı güzele doğru yola çıkabileceğimiz birisinden çok; içimizdeki bu duygular ne de olsa benim ve istediğim gibi sorumsuzca yaşarım, kimse karışamaz ve hesabı yalnızca kendime veririm, o da ben istersem düşüncesinden gelir.

Hızlanan zaman değil,
zihinlerimiz. Acele eden
zamanlar yok, onların hepsi
beklentilerimiz. Kurallar da
engelin değil, samimiyetimiz.
İşte, olur ya da olmaz, ama
budur hayat. Gerisi ise
sadece hayallerimiz.

Akrep ve Yelkovansız Saat

Zaman kavramı herkesin kendi hayal dünyası ve buradaki var olma biçimine göre şekillenmektedir.

Çok sevdiğimiz ve memnuniyet duyduğumuz bir insanın yanındayken zaman hızlı geçerken, sevmediğimiz ve zoraki bulunduğumuz bir ortam ise bizlere her dakikasını daha sıkıntı oluşturarak yaşatır ve zaman bir türlü geçmek bilmez.

Çağımızda zaman ve mekân ilişkisi gittikçe teknolojinin yanlış kullanımından dolayı kötüye doğru farklılaşmakta. Her an her yerdeyiz duygusuyla bizlere bedenin değil, ruhun rahatlaması gibi zannedilen duygular tattırmaktadır. Aniden bir başkasının sayfasından başka bir yerde kimin ne yaptığını görebiliyor ve geçmiş zamanın gözlemcisi olabiliyoruz. Çok uzaktaki bir insanla mesajlaşabiliyorum, ancak bunu yerimden kalkmadan yapıyorum, tabii ki yararlı yönleri olmakla birlikte; bu zaman ve mekân arasında sıkışan ve ne yapacağını bilemeyen insan ise, sürekli olarak aynı hızı günlük ilişkilerinde ve de işlerinde yaşamaya çalışıyor.

Hızlanma duygusuyla sabır duygusunu tüketerek, sürekli olarak hayatı iş gibi görür ve farkında olmadan sürekli sahip olunacak bir şey var ve ben hep bir adım uzağındayım; yakalayabilirim kolayca diye düşünür durur; oysaki ünlü düşünür Adorno bizlere der ki, "İnanç gibi mutluluk da sahip olunacak bir şey değil, içinde olunabilecek bir şeydir."

Aslında herkes
kazanır,
ama farklı
zamanlarda.

Saklı Güzellik

Zaman algımız farklı, tamam biliyorum da şu soruyu sürekli soruyorum kendi kendime, "Neden benim mutluluğum da, kazancım da diğer insanlar gibi değil? Benim neyim eksikti ki birlikte büyüdüğüm insanlardan? Ben de elimden geleni yapmıştım."

Bizler hep kendimizi başkaları üzerinden rekabete dayalı bakış açısıyla konumlandırdığımızda, bu sorular bizlere masumane görünebilir. Fakat sorguladığımız şeyi milyonlarca olasılık içerisinde kaderlerin kesişmesi ve sonuçları olarak gördüğümüzde, yalnız başına olmadığını ve farklı zamanda kazancın sana da gelebileceğini düşünmek, insanı sürekli olarak kendini geliştirmeye iter.

Kazançların saklı olması, ne zaman olacağını bilememek... İnsana verilen mükemmel bir nimet iken, insan genelde bir adım daha atmayı istemiyor, oysaki kazancı belki de bir adım sonrasındaydı ve her şey değişecekti, atmadığı adım yüzünden farklı bir yöne gider, tekrar başlar sürecine.

İnandığımız gibi
yaşayamazsak,
yaşadığımıza
inanmaya
başlıyoruz.

Esnek Benlik

"Göz nereye bakar, gönül oraya akar;
Gönül nereye bakar, ayak oraya akar."

Mevlânâ

İnsan içinde hem iyiyi hem de kötüyü barındıran bir varlıktır. Yaptığı iyilikler ve doğru işlerle melekleri bile imrendiren bir pozisyona girer. Kötülüklerin peşinde koşmakla ve yanlış yolda inadına devam etmekle de şeytanları kendine çağırır.

Yüksek bir potansiyele sahip olan insan, eğer ki inandığı doğruları sonsuz doğrularının yörüngesine oturtamazsa, sorunlarla baş başa kalır. Kendisini doğru yolda olduğuna ne kadar inandırmaya çalışsa da, vicdanından gelen seslere kulağını kapatamaz.

Mevlânâ'nın da bizlere asırlar öncesinden dile getirdiği ve bizlere hâlâ ışık tutmaya devam eden sözlerinde bahsedildiği gibi, insan eğer ki doğruya ve güzele çevirmez ise gözlerini; gönlü farkında olmadan yanlışlıklara doğru kaymaya başlayacaktır. Gönlü nereye meyleder ve alışırsa, kendi ayaklarıyla o yanlış yollarda koşmaya başlayacaktır; süreç ilk önce görmekten başlamıştır ve yaşantımızı en ince ayrıntısına kadar etkileyen bir sürece girilmiştir. Bir bakış nelere mal olmuştur.

O öyle biridir ki, sıkıntında yanında biter, derdini tasanı dinler. Ah ah, vah vah... Senin hep iyiliğini istediğini söyler, ama ne zaman iyi olsan, mutlu olsan yoktur. İşi çıkar, meşguldür. Bu tipler başkalarının zayıflığından beslenir, dost görünümlüdürler sadece. Sen düştükçe o yükselir egosundan gizlice. Dost sadece kötü günde değil, iyi günde de yanında olandır.

Anlık Değişim

Yakınlığı sadece iş ilişkileri ve menfaat odaklı olarak görmeye başladığımızda, sadece bizim için iyi olanı seçip, geri kalanı bırakmaya başlıyoruz.

Hayatı tamamıyla kucaklayamamak, gerçek bir ilişki kuramamak, anlamlı bir yaşamdan çok, sadece kendi penceremizden kendimizi tatmin eden ve hastalıklı yönlerimizi başkaları üzerinden çözmeye çalışıyoruz.

Karşımızdaki insanlar ne kadar çok problem yaşıyorsa, bu problemleri biz değil de sadece onlar yaşıyor gibi düşünüyoruz ve bizim başıma gelmez düşüncesiyle bakıyoruz. Onun yanındaki varlığımız ise, sadece kendimizi ondan daha şanslı düşünmeye başlamaktır.

Ben kazandım, o kaybettiyse gibi düşünceler rekabet duygusunun kıskacında; derinlerdeki güzellikleri örten ve vicdanı körleştiren bir bakış açısının ürünüdür.

Asla dil ile övünme! Çünkü söylediğin sözler artık seni bağlamıştır. Ve eylem süreci artık başkalarının beklentilerini de karşılamak ile ilgilidir. Yaşamın sana getireceği sürprizleri engellememeyi, onları kendi taleplerin ve sözlerin ile sınırlandırmamayı öğren.

Ummadık Zamanlara

Rahatça dilimizden dökülüverir çoğu zaman kelimeler, birer birer çıkar ağzımızdan.

Her söylenen kelimeden sonra içimizdeki duygular farklı bir yöne doğru harekete geçmiştir ve daha da fazlasını söylemeye çalışırız. Ardından, süreç elimizde olmadan bizi egomuza doğru yönlendirmeye başlar. Her söylediğimizin gerçekleşmesinin gerektiği zannına kapılırız.

Ne kadar fazla söz söylediğimizde, içimizdeki o boşluk tam tersine büyümeye başlar. Doldurmak daha da zorlaşır. Onun içindir ki bir kelime söylemeden önce bin kere düşünmek gerekir. Bizler ise genelde sözlerimizi aniden söyledikten sonra düşünmeye başlarız ve çoğu zaman pişmanlık duyarız.

Oysaki dil ile kelimelerin meydana çıkmasından sonra egomuzla bizim aramızda sıkı bir bağ oluşur. Ne kadar kelime dile getirdiysek, o kelimelerin anlamlarına o kadar mahkûm oluruz. Yani çoğu zaman söylediklerimizi yapamaz olmaya başlarız. Hepimizin başına gelmiştir, çünkü sözler söylene söylene ardında davranışı getirmiyorsa, önemini kaybetmeye başlar ve bizleri yapmak yerine konuşmaya iter, bunun da ne kendimize ne de başkasına faydası vardır.

Sen kendini başkalarının dilinden dinleme, bilmezler. Başkalarının gözünden kendine bakma, görmezler. Unutma şunu, senin hakkında ne biliyorlarsa, kendi gerçeklerini de katarlar. Bazılarının dili yoktur övecek, onlar sadece söverler. Bazılarının gönlü yoktur sevmeye, onlar sadece nefret ederler. Sen sen ol ve unutma; bir Allah bilir seni, bir de kendin. Gerisi hep bakıp kendilerini görenlerdir.

İnanmak ve Güven

"Dost dostun aynası," der Mevlânâ; bizler bu ayna görevimizi yitirdiğimizde ve karşımızdaki insanın kendisini görebilecek ve hatalarını düzeltebilecek bir örnek olamamaya başlamışsak, gerçekte bir dostluktan bahsedilmesi mümkün değildir. Özellikle günümüzde rol model olmaktan çok uzaklarda yaşıyoruz. Bunun tam tersi istikamette; sadece görüntü odaklı, üzerine kafa yorulmamış düşüncelerimizden oluşmuş, zamanı okuyamayan ve konumunun hakkını veremeyen farklı bir görüntü ortaya çıkarmaya çalışıyoruz. Karşımızdaki insanın da bir süre sonra bizim gibi olmasını bekliyoruz.

Benim düşündüğüm senin için doğrudur ve bunu sadece iyiliğin için düşünüyorum denmesi, karşı tarafı kısa vadeli yalancı bir mutluluğa iter. "Beni ne kadar da masumane düşünüyor" cümlesini zihnine kazır, ancak alttan gelen mesajlara gözlerini kapatmış olur.

Nasıl ki bilgisayarı en ince ayrıntısına kadar ve nasıl kullanılacağını bilgisayarı yapan biliyorsa ve her güzel tablonun aslında bir ressamı varsa, bizi bizden daha iyi bilen Allah; insanlar için her zaman en iyiyi istemekte ve bizleri sürekli olarak o yöne sevk olmamız konusunda yol göstermektedir. Ne zaman ki bizler Allah'a kalbimizi ve kulaklarımızı açarız, işte o zaman gerçek olan bilinme ve onaylanma duygusunun sonsuz mutluluğu ve huzuruna kendimizi bırakmış oluruz.

Allah sana kötülük yapanın cezasını verirken, bazen senin görmeni istemez, insansın sonuçta egona yenilip, oh olsun dersin de, içine fitne eklenir diye. Uzakta, sen görmeden halleder. Bazen de süreci uzatır, sana unutturur, ona ise yıllar sonra toplu bir ceza verir. Kimin, neyi, ne kadar hak ettiğini sen bilemezsin. Bilme ki düşman gibi pusuda bekleme! Sen sadece iyi insan olma mücadeleni arttır.

Sabır ve Sebat

Nefsimize sözümüzü geçiremeyiz genel itibariyle. Her an mücadele şeklinde geçer hayatımız onunla. Ya biz onu yönetiriz ya da o bizi yönetir. Zaman ve yaşanan olaylara göre farklılık gösterir bu süreç. Nefsimizi terbiye etmeye başladıkça, huzurlu bir yanımız oluşmaya başlar.

Hırsla, öfkeli anlarımızda kararlar veririz, sonrasında ise hep pişman oluruz. Bizler başımıza bir musibet geldiğinde ancak bizlere verilen güzelliklerin hayatımızdaki önemini anlarız. Karşımızdaki insanlardan başımıza bir sıkıntı geldiğinde, onlara karşı kin ve nefret beslememeliyiz. Zannetmeler yüzünden sürekli olarak bizleri meşgul eden, zihnen bir hesaplaşma içine gitmememiz gerekir. Çünkü nasıl olursak olalım ve ne yaşarsak yaşayalım hepimiz Allah'ın yarattığı varlıklarız, bizler elimizden geldiğince içimizden iyi duygular besleyelim. Onu Yaradan'a duyduğumuz saygıdan dolayı affetmeye çalışalım.

Başımıza gelen sıkıntılar aslında bizlere verilmiş nimetlerdir. Bizim nerede eksiğimiz olduğunu gösterir ve insan bu noktalardan kendisini düzeltir ki ilerleyen dönemde başına gelecek problemlere karşı dayanıklı olabilsin.

İyilik yaparken dikkatli olun, farkında olmadan yaptıklarınızla taviz vermiş olursunuz. Taviz verdiğiniz kişi için çekiciliğiniz azalır ve gider ona hiç bedel ödemeyen insanlara yakınlık duyar. Ama jest yapmayı huy edinin ki kıymetiniz bilinsin. Arada sırada yapılan iyiliğin kıymeti bilinir. Yoksa yaptığınız her şey silinir ve bir gün yardımı keserseniz, en kötü siz olursunuz. Kimseyi baş üstü yapmayın; müsait yeri gösterin, dileyen kalbinizde, dileyen de kapınızın önünde kalsın.

Beklenti ve Pasiflik

Nankörlük, hepimizin başına gelmesinden çekindiği ve kendimize yakıştıramadığımız bir kavram. Bununla birlikte insanın temelinde nankörlük sinsice beklemektedir. Bu duyguyu ortaya çıkarmak veya çıkarmamak ise, yaşadıklarımızdan sonra irademiz ile verdiğimiz kararlarımızdadır.

Bizler sürekli olarak bir beklenti içine gireriz. Bu beklentilerimiz karşılanmaya başladığında; bir taraf sürekli olarak bize verici davranıyor, bizler ise sadece alıcı konumuna geçiyorsak, zamanla nankörlük duygularımız ortaya çıkmaya başlar. Verici insanın sınırlarını bilmemesi, kendini sürekli olarak verici bir konumda rahatlatmaya çalışması ise, bizlerin istesek de istemesek de nankörlük duygularımızı pekiştirmeye devam edecektir.

En sevdiğimiz kişilerin hep yanında olalım ve her sorununa çare bulmaya çalışalım. Bu düşünce her ne kadar normal ve bizlere güzel gözükse de, her insanın kendisiyle yalnız kalmaya ve çözüm yolunda içindeki sesleri duymaya ihtiyacı vardır. Bu ihtiyacı ona dengeli bir şekilde yaşatamıyor ve onu kendinden mahrum bırakıyorsak; hayatının geri kalan kısmında da sürekli olarak başkalarına sorunları yükler. Alıcı olmaya başlar, konumunu güçlendirir ve en küçük bir problem karşısında arkasına bakmadan; vazgeçip, bırakıp gitmesine neden olur.

Denge işte bu nedenle çok önemli, ateş gibi; ne çok yaklaş ne de çok uzaklaş.

Seninle birlikte geleceğini olumlu veya olumsuz şekillendirecek insanlar da uyanır her sabah. Neye odaklanırsa zihnin, o olayları sağlayacak insanlar da, ya ayağına gelir ya da sen ayaklarına gidersin. Allah tüm insanları gizli bir bağ ile birbirine bağlamış. Bir fikir sık düşünüldüğünde doğurur ve her bir alt fikir bir insanda suret bulur. Şimdi düşün, en çok ne istiyorsun? Çünkü o fikri yaşatacak insanlar karşına çıkmaya hazırlanıyor. Hazır mısın?

Zaman ve Mekân Üstü

İnsanın düşüncesiyle yaşadıkları arasında sıkı bir bağ olması illa ki düşündüklerinin aynısıyla dünya hayatında karşılaşacağı anlamına gelmez. Çünkü insanın iradesinin üstünde bir irade, sebepleri yönlendirmekte ve bu sebepler doğrultusunda milyonlarca olasılık her an yaratılmaktadır. Değişik zaman ve mekân ortamlarında insanlar tesadüfi olamayacak şekilde bir araya gelmektedir.

Her insan sürekli olarak başka insanlar için hazırlanır. Çalışacağımız kişiler, evleneceğimiz eşler, yetiştireceğimiz çocuklar şu an yaşadıklarımızla ve yaşayacaklarımızla bağlantılı olarak farklılık gösterecektir. Ne zaman ki bizler samimiyetle bu aradaki bağları güçlendirmeye çalışır ve elimizden geleni yaparız, işte o zaman farkında olmadan fiili bir dua etmiş oluruz. Nasıl ki kitap okumamız, bunun için zaman harcamamız sürekli olarak bir gelişim isteğimizi gösteriyorsa, söze dökmesek bile, beden dilimizle fiili dua hükmüne geçer. Yani davranışlarımızda, sözlerimizden ayrı olarak bir sonraki adımda bizleri farklı bir yöne doğru sürükler.

Hiç ummadığın bir an gibi düşünürsün, fakat aslında o an için adım adım hazırlanmışsındır ve karşına çıkanlar anlamsız değildir. Çünkü sistem akıllı bir el tarafından yönetilmektedir.

Nasıl ki her canlı görevini eksiksiz yerine getiriyor ise; insan da kendisine verilen yetenekleri keşfederek uygun bir şekilde bu yeteneklerini ortaya çıkarmakla ve bu hususta sürekli olarak kendini geliştirmekle mesuldür. Elinden geleni yaptıktan sonra ise, ona zamanı geldiğinde uygun ortamlar açılır veya o ortamlar çoktan var olup kişi o ortama dahil olur.

Öyle insanlarla tanışacaksın ki bu zamanlarda, dışı güzel ve eğlenceli, albenisi yüksek. Bir anda canım dostum diyecekler sana. Dikkat et, içi siyah insanlar, dışı beyaz tavırlarla ortalıkta. Sende zan yaratıp direncini kırarlar. Her şeyine inandığın an başlar sıkıntılar. Eğer sen beyazda isen sana sıkıcı gelirler, ama siyahta isen onlar sana eğlenceli gelir. Uzak kal onlardan, kaybın kısa süreli hazlar olur, ama uzun vadede huzur kazanırsın. Şimdi söyle, siyahta mısın? Beyazda mı?

Küçük Bir Adım

Her an seçim yapıyoruz ve bu seçimlerden dolayı sorumluklarımız da değişiyor. Kısa vadeli amaçlar yerine uzun vadeli hedeflere yürüdüğümüzde, kötülüklerden vazgeçip iyi olmaya çalıştığımızda, bizi hep bir şeyler tutar gibi olur ve her zaman şunu söyler: Herkes zaten aynı şekilde davranıyor, ben yapsam ne olur ki? Bazen öyle de, bizler aslında farkında olmadan çevremizdeki insanların huylarını, renklerini, hayata bakışlarını kopyalamaya başlıyoruz, bunun sonucunda ise, hep birlikte kötü bile olsa aynı şeyi düşündüğümüzde rahatlıyor, başka düşüncede olan insanları ise ötekileştiriyoruz.

İşte burada neyi seçeceği ve bu seçimden sonra göstereceği tavır çok önemli, eğer sabretmeyip tekrardan eski hatalarını tekrar etmeye başlarsa aynı kısırdöngüye girer. Ancak, ne zaman ki sabır gösterip kendisini tutan o sert zincirlerden kurtulmaya başlar, işte o zaman bir adım sonrasındaki huzura ulaşır.

Hepimiz için bir adım sonra huzuru bulma şansımız yok mu? Bu adımı atmaya değmez mi, elbette değer.

Tüm sorularımızın cevaplarını Allah başka insanların diline, gönlüne ve zihnine saklar. Bulmak için çarpar dururuz o insanlara. Severiz, arkadaş dost olur, bazen de düşman olur, kaçarız. Bulunmadık cevap kalmaz ama anlamayız, çünkü beklediğimiz gibi olmaz bazen. Sonra yanıtlar değişir diye aynı soruları sorar dururuz. Ne cevap değişir ne de insan. Unutma, bazı insanlar değişmez, ne yaparsan yap aynı cevabı verirler, çünkü onlar sadece kendilerini severler. Kaç.

İlahi Mesaj ve Duyuşlar

Allah insanlarla olaylar dili ile konuşur. Aslında alabilene her an bir mesaj verilmektedir. Bu mesajları alabilmek için ise farklı seviyeye gelmek, yani kapsama alanına girmek gerekir. Nasıl ki radyo frekansları görünemiyor fakat bir uydu ve radyo ile sese çevrilebiliyor ve anlayabileceğimiz şekle giriyorsa, bizler de kendimizi bu yönde farkındalık düzeyimizi geliştirdikçe, bu duyuşlar ortaya çıkabilir. Çünkü insan hangi konuya yoğunlaşırsa, onun konu ile ilgili eşik düzeyi değişir ve kendisini daha derinleştirdikçe, kimsenin duyamadığı, göremediği bir anda onun önünde capcanlı bir şekilde durabilir.

Buradan hareketle insanların ve olayların dilleriyle hep bize anlatılan; iyiliğe ve olgunlaşmaya sevk eden bir yön vardır. Ne zaman ki bizler bu yönden vazgeçip çekmeyen bölgelere gideriz, sadece kendi düşüncelerimizden bir dünya kurmaya çalışırız, işte o zaman bu oluşturduğumuz düşünceleri sürekli olarak doğrulatma çabasına gireriz. Kendimizi, çözemeyeceğimiz problemlere ve hayatımızı olumsuz etkileyen ruhsal hastalıklara sürükleriz.

Sevmediğim yanın yok hayat. Sadece şaşırdığım ve üzüldüğüm anlarım oldu. İşi, aşkı, arkadaşlığı ne varsa hepsini seviyorum, artık suçlamıyorum seni, çünkü önüme getiren kader, seçimi yapan benim. Acıları da sevmeye başladım. Anladım ki her acı bir sonraki ödüle hazır olmam için geçici kıyafetmiş. Sen yine azar azar gönder acıdan da huzurdan da. Hepsinde kazandığım da kaybettiklerim de benim. Bu yüzden şükürdeyim, sayende avuçlarımda Yaradan'a sesleniyorum.

Değişmemenin Yansımaları

Bir kafa çevirme hareketinle bile artık baktığın yer eski haline geri dönemiyor. Sürekli olarak değişim rüzgârları hayatın her alanında herkes ve her şey için; kimi zaman yumuşak kimi zaman sert, bazen ısıtan, bazen üşüten şeklinde esiyor.

İnsanın en önemli korkusu ve çözemediği düşünceler bu sözcükle birlikte başlıyor: Değişim.

Değişimi bizler aslında hemen kabullenemiyor ve değişime karşı soğuk duruyoruz. Sürekli olarak garantici bir bakış açısıyla elimizden bir şeylerin yitip gitmemesi için uğraşıyoruz. Bununla birlikte her an diğer bir anla yer değiştirirken, ilk önce zamanı kaybetmiş oluyoruz.

Değişime karşı savunma mekanizmaları oluşturan insan; bu dışavurumları ya insanlar ya da eşyalar üzerinden yapıyor. Her kaybedişi bir yok oluş gibi görüyor. Tüm anlam silsilesinin bu kayboluşlar ile birlikte bozulduğunu; artık eskisi kadar huzurlu ve mutlu olamayacağını düşünüyor.

Kalbin ritimlerini, nefes alış verişlerini, sindirim sistemini ve bunun gibi yaşadığı ancak etkisi olamadığı birçok şey için bile kendi elinden bir şey gelmezken, değiştiremeyeceği şeyler karşısında değişmenin daha kolay olduğu ve sınırlarını bu şekilde anlayabileceğini düşünemiyor mu? Biliyor, ancak değişmek istemiyor.

Oyuncu kişilikler vardır etrafınızda, dikkat! Her ortamda ilgiyi üstünde tutmak ister, hep bir sorunu vardır, sizin çözmenizi ister. Genelde kadınlarda olur. Aşırı feminen tarzı vardır, sever ilgiyi. Yaş gözünde bekler, her şeye ağlar ya da her şeye güler. Başkalarını konuşur hep. Kendi hakkında istemediği konulara girmek istemez. Ha, bir de abartır olayları, öyle küçük şeyleri dünyanın sonu gibi anlatır. Sakın mendil olma ona, ağlarsa mendili uzat kendi silsin. Yoksa peçete olursun.

Sessiz Çığlık

İlgilenilme isteği çoğu zaman bizleri farklı konumlara itmektedir. İlk olarak problemlerini en ön sıraya koyarak anlatan insan belirli bir zaman ilgiyi üzerinde tutarken; yavaş yavaş antipatik görülmeye başlar.

Sürekli olarak yaralarını açmaya ve kendisini acınacak bir insan olarak konumlandırmaya çalıştıkça, gerçekten bir süre sonra çevresi tarafından acınacak bir konuma gelir.

Bilinçli olarak yapmasa bile sürekli olarak şikâyetçidir. Uyumsuzluklardan ve kavgalardan beslenir. Önemli olan onun için kendisiyle ilgilenilmesidir. İyi veya kötü olsa da, varlığını kendine o şekilde onaylar. İlk başlarda iyi yönde görmek isterken, eğer ki istediğini elde edemediyse, kavga çıkarmaya ve anlaşmazlıklar üzerinden sürtüşmeye başlar.

Her yere yetişmek, her şeyi yapmak zorunda değilsin. Bu hayatın hizmetçisi misin? Sana ait kısımda kal. Olma başkasının hayatında oyuncu. Hesabını kendine vereceğin işlerde ol. Yoksa, hayatını kolaylaştırdığın herkes senin hayatını zorlaştıracak. İyi olmazsın onların gözünde, görevin derler. Bir gün yapma, düşman olurlar. Yapacaksan iyilik, tanımadıklarına yap, onlar sonrasında seni bulup tekrar istemezler. Uzaktan alırsın bir dua, o da yeter sana.

Sınırlar ve Beklentiler

İnsanın fikren ve zihnen her şeyi yapabilirim düşüncesine geçtiği anlar olur. Ancak bedenen sahip olduğu âcizliği ve elinin uzanabildiği kadarına sahip olması, kendisine sınırları olduğunu hatırlatır.

İyileştirmeler, faaliyetler ilk önce insanın kendisinde başlamalıdır. Eğer ki ilk önce kendine faydalı olamıyor ve nefsini terbiye edemiyorsa, başkalarının yaralarına merhem olmak ve yardım etmek istese bile farkında olmadan yanlış yönlendirmelere sebebiyet verecektir.

En yakınlarımızladır imtihanlarımız çoğu zaman. Bizler hakkındaki düşünceleri ve davranışları bazen bizlere ağır gelir. Yapmanız gerekenlerin dengesini tutturamadığınızda, karşınızdaki kişi gereğinden fazla verdiğiniz değeri kaldıramamaya başlar. Bunun sonucunda ise karşımızdaki insanın narsist duygular beslemesine zemin hazırlanmış olur.

Hepimizin içerisinde doğumumuzdan ölümümüze dek iyi ve kötü huylar vardır ve olacaktır. Karşımızdaki insanlar bizlerin yanlış hareketleriyle ve kendi seçimleriyle kötü huyları ortaya çıkarırlar. Bu ortaya çıkan kötü huylar ise ilk önce en yakınlarındakilere zarar verir.

Bilmediğine muhtaç olmaz insan! Başkasına imrenme. Herkes kendi fotoğrafında poz verir. Samimiyet sergilenmez dostum. Bilmediğin hayatlara başlık atma. Kendi hikâyenin peşine düş, kendini bil, istediklerini bil. İsterken de hak edip etmediğine bak. Mücadeledeysen ve azimliysen, devam et. Elinde olan süreç, sonucu sorarsan eğer, onu da Allah bilir. Olacak mı diye değil, ne yapmam gerek diye sor.

Farklı Bir Soluk

Bizleri çoğu zaman şu konu yanıltır: Acaba sonuçlar ile ilgili olarak ne kadar payım var? Aslında sürekli olarak kendine pay çıkarmaya çalışır insan farkında olmadan.

Bizlerin buradaki en temel görevi, elimizden gelenin en iyisini yapmaktır. Elimizden gelenin en iyisini yapıp yapmadığımızın ilk başta öğrenilmesi gereken yeri, vicdanımızdır.

Bizler ise, vicdanımızın yaptıklarımızdan dolayı kararması sonrasında cevap alamıyorsak, bu sefer kıyas yoluyla bu konuda doğru mu yoksa yanlış mı yaptığımızı anlayabilmek için bir adım atmış oluruz. Bu kıyası bizden önce aynı konularda başka kişiler olumlu olarak neler sergilemişler, hangi süreçlerden geçtilerse, dayanak noktalarımız bunlar olacaktır. İşte, buradaki temel nokta ise, rekabet duygusu olmadan, sadece imrenme duygusuyla başarılı olanlara bakmak daha hızlı yürümemize neden olur.

İmrendiğimiz insanların yollarındaki adımları takip ederek o yolları arşınlamak ve kendi süzgecimizden geçirerek, kendi duygularımız ve düşüncelerimiz ile harmanlayarak yolumuzu çizmeye çalışmaktır.

Amaç ise, taklitçilikten uzak bir şekilde kendi nefesini katarak iyilik yarışında bulunmaktır, sen elinden geleni yap sadece ve düşünme, denize at, deniz bilmezse Hâlık bilir.

HAYAT!!!
Ortalıkta huzurla gezdiğin bahçe değil artık, kurtların gizlendiği orman gibi her yer. Söyleme her şeyini herkese, hele ki yapacaklarını anlatma. Bir tane dostun olsun, bir de ailen. Kimi kuzu gibi bakar, ama kurt gibi kurar.

Anlayış ve Görünen

Söylediklerimiz bir süreden sonra bizi esir almaya başlar. Özellikle bizlerin iyiliğini değil, kötülüğe koşmamızı isteyenler her şeyimizi bilmek ister. Ancak her zaman içlerindeki kıskançlık ve haset duygularını ön plana çıkarırlar.

Yüzünüze gülerlerken, arkanızdan sürekli olarak sizin başarılı olmamanızı ve bunun sonucundaki hayal kırıklıkları ile doymaya çalışırlar. Böyle bir bakış açısı ise her iki tarafı da uzun bir yolculukta yorar. Güzel duygularımızı masumane paylaştıktan sonra, iyi yönlü olarak bakan kişi tarafında bir anlamsızlık oluşmaya başlar.

Önemli olan nokta ise şudur, her zaman bir insan doğru konuşmalı, fakat her yerde her doğru söylenmez sözünü kendine rehber edinmesi gerekir. Sınırlarını iyi bilip nerede, ne zaman, kiminle neyi konuşup konuşamayacağını iyice tartmalıdır.

Kaçınılmaz olarak hatalar yapacaktır insanoğlu, ancak bu hataları yapsa da her zaman anlar ki gerçekten onu anlayanlar ve saygı duyup yanında duranlar ailesi ve gerçekten sahip olduğu dostlarıdır.

Aldın mı alacağını? Kazanıp
kaybettin mi bugün. Yakıp yıktın
mı ya da susup kaldın mı? Bak ne
diyeceğim sana! Dur bir dakika,
inan hiçbir şey olmadı. Aslında
dünün tekrarıydı. Galiba hep
aynısın, yaptıkların hep aynı. Farklı
insanlarla aynı şeyi yaşatma
kendine. Bir lafına, bir tavrına
bakar her şey. Dur ve orada kal.
Yavaş yavaş gelecek gitmesi
gerekenlere, hoşça kal.

Gelişim ve Duraklar

Sürekli ve yenilenmeyen bir döngünün içine sıkışıp kalıyoruz. Bu döngünün bizlere neler kaybettirdiğini ise göremiyoruz. Hayatımız rutinleştiğinde ve aynı günleri yaşamaya başladığımızda; yani her güne bir gelişme fırsatı olarak bakamadığımızda, sorunlarımız gittikçe daha da büyüyor. Tekrar tekrar yaşanmış ve bize katkısı olmayan anları yaşayarak bizlere yeni bakış açıları kazandırmasını bekliyoruz.

İnsan sürekli olarak gelişim derdinde olmalı. Gelişim sürekli bir şeyler yapmaktan ibaret değildir. Kötü alışkanlıkları yapmamak da bir gelişimdir. Aynı şekilde denize veya doğaya karşı bakıp nasıl sonsuz bir güç tarafından oluşturulduğunu düşünmek de gelişimdir.

Doğuştan başlayarak gelişim isteğiyle doğan insan, her an bu yolda ilerlemezse geriye doğru gitmeye başlıyor, yani bir cisim ya yukarı çıkıyor gökyüzüne ya da aşağıya iniyor yeryüzüne. Sabit kalmıyor, sabit kaldığı anda ise yerçekimi kendisini düşürmeye başlıyor. Aynen onun gibi biz de sabit kaldıkça, boş uğraşlar ve muhabbetler bizi içine çekiyor.

Sabah kalktığında tekrar iki seçenek başlıyorsa, diğer günlerinde daha da farklı olacak mı olmayacak mı diye, elinden gelenler çerçevesinde çevreni güzelleştirmek amaçsa, başka insanlar sana geçmişte sıkıntı oluşturduysa; hayatına girecek yeni insanları yeni birer hayat olarak gör ve aynıları olacak sanma. Sadece öğrenmen ve gelişmen amacıylaydı yaşadıkların, yeni bir hayata daha da güzel bir şekilde sevgini sunmak içindi.

Hani fırsat istiyordun ya! İşte uyandırıldın. İki tip insan vardır: Şansını bekleyen, şansını yaratan. Sen sebepleri oluştur, hak et. Belki hemen olmaz, sınanır samimiyetin. Belki o yanlış yoldur, fark ettirir, değiştirirsin diye bekler. Merak etme boşa geçmemiştir zaman. Yanlış yolda bile birini tanıştırmıştır seninle, yeni yoluna arkadaşlık etsin diye. Her yola girip yarılama. Bir tane doğru yol bulup sonunu getir.

Umut ve Farkındalık

Her an görüşme ve görme umuduyla ayrılırız sevdiklerimizden ve mekânlardan. Sürekli olarak ayrılık ve buluşma anları yaşarız. Umudumuzu kaybetmeye başladığımız anda veya tekrar görememem umuduyla sarılırız telefonlara, mektuplara.

Her gece gözkapakları yavaş yavaş kapanmaya yüz tutar. Belki ıslaktır bugün veya neşe doludur bilinmez. Ancak sabaha ve güneşe tekrar bakmak umuduyla uyur her insan. Yeni bir güne bir selam daha vermek için. Uyanamayacağını bilse acaba uyuyabilir miydi o gözler?

Sabah uyandığında seçim yapar yine her insan, öncelikle içindeki ses ve dışarıdaki zaman ile bir bakmış ki kavgaya tutuşur. Avutur sürekli olarak daha erken olduğunu, oysa erken yola çıkanlar hayatta daha iyi yaşayabilmektedirler.

Bu doğru seçimi her gün ve her an yapmak gerekir ki, seçim yapılmadan karşımıza çıkan her yol bir tehlike olarak görülür. Bunun sonucunda ise her yol bizleri kendi isteği doğrultusunda kullanmaya ve sürüklemeye başlar. Bizi asıl yapan değerlerimizden uzaklaştırır. Bu uzaklık ile birlikte insan eğer ki farkına varamıyorsa hâlâ; yanlış yola doğru adım atmaya çalıştıkça kendisinden daha da uzaklaşmaya başlar.

İleride çekeceği vicdan azabı ve yaşadığı hayal kırıklıklarını daha derinleştirmeye başlamıştır. Kendi ayaklarıyla yürür, zanlarıyla, umduklarıyla...

Her şey geçecek yenileri gelene kadar.
Acı da mutluluk da komşu gibidir,
geçerken uğrarlar. Biz ısrar ediyoruz
o komşulara biraz daha otur diye.
Şu sıralar acı daha çok komşu olur.
Bazen iyi insanların durmasını ister
Allah, ortalıkta gezen kötü insanlara
çarpmasınlar diye. Aslında acılar sonsuz
cennetin bu dünyadaki anahtarlarıdır.
Başına gelen her şeye teşekkür et ve
ders çıkar, çünkü zamanla çıkardığın
derslerin hocası olacaksın.

Anahtar

Yaşadığımız her şey genel bir çerçevede ve zamanla anlam kazanıyor. Nasıl ki bir komedi filmi izlediğinizde; tek bir karesinde hüzünlü bir sahne varsa, sadece tek bir kareye bakıp bu dramatik filmdir diyemezsek, aynı şekilde de yaşadıklarımızdan yola çıkarak anlık kararlar veremeyiz hayatımızla ilgili.

Öncelikle hayatta olmak demek; zorluklara karşı sürekli mücadele etmek demektir. Ne kadar çok zorluk yaşarsak; bu zorlukları aşmak için çaba gösterir ve gözyaşı dökersek, bizlere emanet edilenlere bağlılığımız daha da artacaktır. Bizim için farklı bir kıymet ifade etmeye başlayacaktır.

Bizler sürekli iyileşme ve güzelleşme eğilimindeyiz, fakat nefsimizin bize inandırması ile acı çekmek istemiyoruz. Acı insanın ruhunu olgunlaştıran ve seçimlerin daha kolay yapılabilmesini sağlayan fırsatlardır. Ne kadar çok sıkıntı çekersek, ruhumuz o kadar gelişir ve nefsimiz terbiye olur. O yüzden tasavvufi bakış açısında ham olanlar ilk pişerler daha sonra yanarlar. Gerçekten yananlar ve emek verenler ise, aynı yollardan geçecek olan insanlara rehber olurlar.

Günün ne getireceğini bilemezsin, ama başına gelecekleri hangi duygularla karşılayacaksın bilebilirsin. İnsanı olaylar değil, onları çözememek sıkıntıya sokar. Her çözüm bir iyilikten sonra gelir. Hadi bir iyilik yap, ama dikkat. Ben hayatta şunu öğrendim. Kuşlara attığın ekmekler geri geliyor, çöpe attıkların değil.

Neden ve Sonuç

Her yeni adımda sürekli olarak olasılıklar tekrardan yaratılıyor. İnsanoğlu hayatın tesadüfi olmadığını ve belirli bir dengede ilerlediğini düşündüğünde rahatlayabiliyor. Yoksa, korkuları arttıkça ve korkularından dolayı asıl yapması gereken sorumluluklarından kaçıyor.

Bununla birlikte görevini tek yapmayan canlılar sadece insanlar. Diğer canlıların hayatına baktığımızda hiç sorgusuz sualsiz onlar görevlerini yerine getirip dengeyi sağlarken, insanoğlu kendinden beklenmeyecek tavırlara girerek hem kendinin hem de çevresindekilerin dengesini bozmaya başlıyor.

Bakış açımız ve onları karşılama biçimimiz bizlerin hayattaki konumunu belirliyor. Kimi yağmur yağmasına sevinip tüm canlı ve cansızlar için şükrederken, kimi ise sadece ıslandığını düşünerek sıkıntı duymaya başlıyor. Sadece kendi açımızdan baktığımızda, sürekli olarak şikâyet eden varlıklar olup çıkıyoruz.

Şikâyet ettiğimiz varlıklardan çıkıp neyi nasıl yapacağımızı öğrenmemiz gerek. Fikri ve yaşamsal olarak gerekli olan tohumları ekeceğimiz yerler çok önemli. Yanlış yere atarak heba mı edeceğiz, yoksa doğru yerlere bir tohum atıp binlerce meyvesini mi toplayacağız.

Sebastian kitlesel narsisizmin
dışavurumudur. Narsistler baş
edemedikleri ve güçsüz kaldıkları
durumları başkalarına yaptırırlar.
Ayrıca kendisine acı verenleri de
küçümseyerek üstünlük kurarlar.
Halbuki zayıf ve kompleksli
olduklarının farkında değillerdir.
Bu gerçekle karşılaşmamak için
kaybolurlar ve Sebastian gibilerine
ihtiyaç duyarlar. Güçsüzleştikçe
hayali hizmetçi mi tuttuk ne?

Aidiyet ve Benlik

Hep arka planda olma isteğimiz var. Etliye sütlüye karışmadan yaşamak istiyoruz. Bu isteklerimiz daha da fazla kendi içimize kapanmamıza neden oluyor.

Bilgi sahibi olmadan fikir sahibi oluyor, elimizden geleni yapmadan sonucunda sürekli olarak iyiliği istemeyi kendimize hak görüyoruz, hak etmediğimiz halde.

Kendi benliğimizi kutsamaya başladık çağımızda, farkında olmadan. Başlıca sosyal ve psikolojik problemlerle boğuşuyoruz ardından. Çünkü kendimizi ön plana aldığımız; bizim dışımızdaki herkesi dışlayıcı ve ötekileştirici bir bakış açısı hem kendimize hem de karşımızdaki insanlara zarar veriyor.

Pazarladığımız sadece dış görünüşümüz ve sahip olduğumuz eşyalar. Sürekli olarak haklıyız kendimizce, diğer insanlar bizi hiç anlamıyorlar. Kendimizi seçilmiş düşüncesiyle diğer insanları kurban gören bir anlayış hâkim kılmaya başlıyoruz. Yaptıklarımızı ise hiç sıkıntı duymadan meşru bir zemine oturttuğumuzu varsayıyoruz.

Kendini değerli görmeyen insanlar incinmekten korktukları için seçim yapamaz, ama seçilir. Farkında olmadan karşısındakini yüceltip tapınır hale gelir. Reddedildikçe tahrik olur ve tüm mücadelesini onu kazanacağım zannıyla verir. Aslında ne tapınacak kişi vardır ne de mücadele gerektiren durum. Ortada sadece kendini değersiz gören korkak bir insan vardır.

Karanlıkta Kapalı Gözler

Korkularımızla yüzleşemediğimiz sürece, onları daha da fazla arttırıyoruz. Kendimize sağlık bir güven duygusuyla yaklaşamadığımız sürece, sürekli kendimizi kaybedenler tarafında buluyoruz.

Bizler ne zaman ki kendimizi var olduğumuzdan dolayı değerli göremiyoruz, kendimizi kapatmaya başlıyoruz, işte o zaman koruma kalkanları arasında mutluluk ve huzur aramaya çalışıyoruz.

Eksik olan yönlerimizi karşı tarafın fazla gibi gördüğümüz özellikleriyle tamamlamaya başladığımızda ve boşluklarımızı sadece karşımızdakinden alarak doldurduğumuzda, bizler de farkında olmadan başkasının egemenlik sahasında hareket ediyoruz.

Sadece söyleneni yapan, nedenini ve nasılını düşünmeden, içsel mekanizmamızı devreye almadan kararlar vermeye başlıyoruz.

Hayır diyememek ve sınırlarımızı çizememek tam burada başlıyor. Sürekli evet diyerek karşı tarafı sorgulamadan onaylayarak sevilme duygumuzu tek bir kişi tarafından ve bize hiç ummadığımız anda zarar verebilecek insandan karşılamasını istiyoruz.

Belki de dolmuştur gönlün, aklın
evin. O duasını edip istediklerin
yer bulamıyordur sana gelmeye.
Var mısın bugün insandan,
eşyadan ve sözlerden azalmaya?
Bize fayda vermeyen insanları
ve eşyaları vitrinlerde tutan...
Sonra da orada olmalarına alışan...
Unutma Allah duaları kabul eder
sadece sana gelmesi zaman alır. O
da sen samimi olana kadar.

Azalırken Çoğalmak

Yatmadan önce kendimizi sorguladığımızda, bugüne dair hangi yararlı işler yaptım diye genelde tatmin edici cevaplar veremeyiz. Günlük zaman dilimimizin çoğu, bizleri ilgilendirmeyen ve boş muhabbetlerden meydana geliyor. Kahvehanelerde, televizyon programlarında, kafelerde, arkadaşlık ortamlarında sadece zamanı öldürmeye yönelik ve vakti sadece eğlence amaçlı geçirmek moda haline geliyor.

Kendimizi sahip olduklarımız üzerinde konumlandırmaya başladıkça, gerçekte var olan güzellikleri gösterememeye başlıyoruz. Kullandığımız kelimeler sahip olduğumuzu düşündüklerimizi ve bizlerde oluşturduğu hislerden ibaret kalıyor.

Sahip olduklarımızı düşündüğümüzde, bize sahip olan nesnelerin yaşattığı hazları ballandıra ballandıra anlatıyoruz ki başkasının gözünde sürekli olarak farklı imaj çizebilelim.

Bu döngü böyle sürüp gittikçe, insan kendini ileriki dönemlerde yaşayacağı güzelliklerden mahrum bırakmış olur.

Gözünle görmesen de kalbinle hissedersin, adaletin bir yerlerde tecelli ettiğini. Bir cümlenin bile hakkı yenmişse, paragraflar kuracağın günlerin de olacak başka zamanlarda. İyisin diye geliyorsa başına acılar, sen yine iyi ol ama tedbirli ol. Sana gözünün arkasında haksızlık yapanların pişmanım sözleri kalbine düşecek. Ve iyi olan sen, ben çoktan unuttum, Allah affetsin.

Sabır ve Affetmek

Başımıza bir musibet geldiğinde insanın elinde olmadan içinden farklı düşünceler, üzüntüler yaşayabilir. İçinde bunlar olurken, dışında da sürekli olarak dişlerini sıkar, ellerini yumruk yapıp tepkilerini ifade etmeye ve dışavurmaya çalışır.

Uzun süre affedemez ve hazmedemez yaşadıklarını, kaybettiklerini. Yaşandığı andaki haksızlığa karşı verdiğimiz ilk tepki çok önemlidir. Bu tepkinin ileriki dönemlerde başımızı daha da ağrıtmaması ise sabır kuvvetine dayanmaktadır.

En önemli sabır; başına bir sıkıntı geldiği ilk anda kendisine ve çevresine gösterdiğidir. Bizlerin bu sabrı kazanmamız ve uygulamamız için geçmiş yaşantımızdaki kendimizi geliştirme derecemiz, farkındalık düzeyimiz, yaşadıklarımızdan çıkardığımız dersler ve birikimlerimiz önceliklidir.

İnsan çok kısa bir sürede sabırlı olup olamayacağına bu açıdan bakarak karar vermiş olur. Bu kararı doğru bir şekilde verdikten sonra ise ileride daha çok pişman olacağı tavırlardan korunmuş olarak yolunda devam eder.

İnsanları affetmen sabır ile doğru orantılı olarak hızlanır. Daha hızlı yol aldığın için, hayatının diğer kısımlarını daha anlamlı bir şekilde yaşarsın.

Neyden vazgeçemiyorsanız, sabırlı olun bir süre sonra o sizi terk edecektir. Kontrol kimdeyse o daha da fazla zevk alır. Kontrolünüzde olmayan süreçler hep sıkıntı verir. Bir insanın hedefi yoksa, belalara bulaşma ihtimali daha yüksek olur. İnsanız, doğruları isteriz, ama hep güzelin peşinde koşarız. Doğrular sıkıcı, güzel olan ise haz verir. Yolun başında sıkıcı gelen, sonunda faydaya dönüşür.

Seçimler ve Vadenin Uzunluğu

Vazgeçeriz daha ilk adımdan. Yapamayacağım duygusu geçmişte kalan mirastır bize. Küçüklüğümüzden beri sadece olumsuz yönlerimiz ve yetersizliklerimiz üzerinden konumlandırılırız. Bir süre sonra da hayatımızın sonuna kadar öyle olacağımıza, değişebileceğimize ve gelişebileceğimize inanmayız.

En büyük soru ise daha en baştan başlar; ne zaman ve nereden başlayacağız?

Hayatı hiç hedefimiz olmadan ve hiç kendimize yol çizmeden yaşadığımızda; günlük hayatımızın içerisinde hedefimiz dışındaki her olay tarafından kendimizi oyalanmaya bırakıyoruz. Oyalandıkça, hedeflerimize olan uzaklığımız gitgide artıyor ve hazlarımızı devreye sokup, onları arttırıcı günlük heveslerin peşinden koşuyoruz.

Kendimizi zorlukların gelebileceği düşüncesiyle değil de sadece sonuçlardaki güzellikleri ve bize hissettirdiklerini düşünmeye başladığımızda; farkında olmadan kendimizi ilk aşamada engellemiş oluyoruz. Bir türlü ilk adımı atabilecek gücü kendimizde bulamıyoruz. İlk adımı atmayı erteledikçe, o işten tamamen vazgeçiyoruz. Bu vazgeçişlerimiz en sonunda bizi hayallerimizi rafa kaldırmaya sürüklerken, içimizdeki boşluğu doldurmak yerine, kendimizi onunla savaşırken buluyoruz.

Hakkında konuşanlar varsa yaşıyorsun demektir. Öyle çok varsın ki yokmuşsun gibi konuşurlar. Kötü konuşanlar senin yerinde, iyi konuşanlar ise gönlünde yer almak isterler. Bazıları böyledir, başkalarını konuşarak kendi hayatlarından uzak tutarlar insanları, çünkü derinde utanacakları çok şey vardır. Kimi kendi kimi de başkasının hayatını yaşar. Allah'ın bile sözü var, hakkında konuşan günahlarını alır. Cennet için bırak konuşsunlar.

Arkadan Konuşma!

Dedikodu ne kadar da normalleşti günümüzde bizler için. Hiç düşünmeden çıkartıyoruz kelimeleri ağzımızdan. Çevremizdeki insanlar ne kadar yakınımız olursa olsun hemen bir açığını bulma ve onu konuşma telaşındayız. Kötüleyip, bu kötülük üzerinde kendi iyiliğimizi ve konumumuzu güçlendirmeye çalışıyoruz.

Neden diye düşünebilirsin, çoğu zaman insanlarla iyi geçinmişsindir şimdiye kadar. Aranızda hiçbir sıkıntı olmadığı zaman bile, senin arkandan konuştuklarını duyarsın.

Senin illa ki bir şey yapmana gerek yoktur onlar için, yeterince iyi olmak bile çoğu zaman yeterlidir, çünkü onlar gibi olmayı reddediyorsundur ve seni ötekileştirerek uzaklaştırmaya çalışırlar.

Kendisi gibi başkalarının arkasından atıp tutan ve dedikodusunu yapan insanlar birbirini bulurlar. Sadece bu yüzden bile yakınlaşmaya başlarlar. Menfaat odaklı bir ilişki kursalar bile içlerini rahatlatmaya çalışırlar, çünkü birbirlerini sürekli olarak haklı olduklarına inandırırlar.

Oysaki sadece menfaate dayalı bu birliktelikler, başkası hakkında bize anlatmaları, aslında bizimle ilgili durumların da başkalarına anlatılacağını gösterir.

Kimse yalnız kalmaz bu hayatta. Sadece sen doğru tarafa geçince, yanlış insanlar yanlışa geçince doğru insanlar çıkar hayatından. Bir gün öyle bir dostun olur ki daha dün yüz kişiyle takılıp alamadığın hazzı bir saatlik sohbetle serer önüne. Sesini kalabalıkta değil, sakinlikte duyan olur. Şimdi bir düşün kalabalıkta derdin mi çok? Sesini duyabilecek dostun mu yok?

Merhaba Hayat

Her zaman yanımızda bir ayna bulunmasını isteriz. Sesimizin başkası tarafından yankılandığını duymamız bize mutluluk verir. Hatalarımızdan bizleri döndüren ve yargılamadan bizleri var olduğumuz için sevenlerdir gerçek dostlarımız.

Bizler ne olursa olsun en yakınlarımız yanlış yoldayken biz onlara doğru yolu yaşantımızla göstermeye çalışıyorsak, zamanla o yolda el ele, kol kola yürüyeceğimiz insanlar kısa bir süre sonra karşımıza çıkacaktır. Yeter ki bizler doğru olan yoldan ve bu yolu anlatmaktan vazgeçemeyelim. Yeter ki umut aşılamaya devam edip, iyilik kovalarımızı sonsuz güzelliğin okyanusundan doldurup doldurup insanlara tattıralım.

Sözlerimizin ve yaşantımızın güzelliği karşısında, insanların bize bakışları, duruşları ve tavırları şekillenecektir. Bizler de oluşturulan bu samimi hislerle adım attıkça, doğrularla birlikte olup, yanlışlardan da korunmaya başlarsın.

Bir insanı sevmek demek, onun gerçeklerini anlayabilmektir. Karşınızdakinin sevgisini ispatlamasını beklemeyin. "Seni seviyorum" cümlesi, hediyeler ve mesajlar sevildiğinizi göstermez. Sizi tanımadan, ihtiyaçlarınızı görmezden gelen kişi, sizi değil kendini seviyordur. Bu tavırlarla sizi kendine bağımlı yapıp, gözlerinizde kendini görmekten haz duyar, sadist.

Bağımlı Sevda

Sevilmek için seviyoruz, sevmeyi çok fazla aklımıza getirmek istemiyoruz. Sevilmeyi iliklerimize kadar hissetmek istiyoruz.

Karşımızdan sürekli beklentilerimizi karşılamasını ve bunun hakkımız olduğunu düşünüyoruz. Umutlarımız yeşertilmeyince, mutlu edilmemeye başladığımızda kavga ve husumet çıkartarak hakkımızı alabileceğimizi zanneden bir kişi oluyoruz.

Sürekli onaylanmamız ve beklentilerimizin karşılanması mümkün değil. Bu isteklerinin yanlış olduğunu düşünmeden, sadece olmasını bekleyen insanı, bencilleştiren ve kendini sürekli değerli görme eğiliminde olan bir yapıya büründürüyor.

Kendimizi nefsimiz üzerinden sevdikçe, daha da fazla sevilmemiz gerektiğini düşünüyoruz. Yangına rüzgârın esmesi gibi; ne kadar fazla esiyorsa, söndüreceğine daha hızlı bir şekilde benliğimizi kavuruyor.

Bağımlı olduktan sonra karşımızdaki insana, onun yanlışlarını görmezden gelmeye başlıyoruz. Kendimizi ve karşımızdaki insanı sonrasında çok problemler yaşayacağımız bir konuma sokmuş oluyoruz.

Kimse kimsenin diğer yarısı olamaz. İki kişinin bir olması demek kişilerin yarım olması anlamına gelir. Sağlıklı ilişkide iki kişi de tamdır. Bir araya gelince bir değil iki olurlar. Eş ruh demek diğer yarım demek değildir, aynı nefesi alabilen demektir. Yoksa yarım olan kişilikler bir araya gelince nefessiz kalırlar. Tam yaratılmış bir insanın kendini eksik sanması kendi sorunudur. Oysa Aşk, güzeldir ve tamdır. Yarım olanlara sadece ıstırap verir.

Kazan-Kazan

Karşımızdaki insan üzerinden hiçbir bedel ödemeden eksikliklerimizi giderme çabasındayız. Bende olmayanı başkasından alırım ve bunun için emek ödememiş olurum düşünceleri sarıyor dört bir yanımızı.

Aslında farkında olmadan gerçek bir sevgi değil de, çoğu zaman sahip olamadıklarımız başka insanlarda olduğu için onları sevmeye başlıyoruz. İnsanlığı ve değerleri için değil, hayranı olduğumuz ve geçici olan dünyevi özelliklerini önemsiyoruz.

Sağlıklı bir ilişki ise bizim ve karşımızdaki insanın bir bütün olarak, yani hayatlarımızın birbirine ahenkli bir şekilde girmesiyle olur. Elbette ki bizler için bilinci içerisinde yeni bir bilinç oluşturulması zor ve zaman alıcı bir süreç olsa da, kişiler bu zorlukları kolaylığa çevirmeyi göze almalılardır. Birey olma ve ait olma dengesi sürekli düşünülerek; iki taraf için de engellenmişlik duygusuna mahal verilmemelidir. Kazan-kazan duygusu ise ilişkinin merkezine oturtulmalıdır.

İnsanların uzlaşma ve istişare düşüncelerine sahip olması gerekir, çünkü bu sahip olduklarıyla hayatı ve ilişkiyi kolaylaştırıcı kazanımlar elde ederler. İlişkiler içerisinde başka birisi sadece kazanım alanı olarak görüldüğünde, yani sadece alıcı olduğunda; tek taraflı bir sömürme meydana gelir, oysaki asıl gaye birlikte kazanmaktır.

Sahip olma arzumuz, var olma arzumuzdan fazla olmaya başladığından beri mutsuzuz. En iyi, en güzel, en başarılı, en pahalı vb. en'ler yüzünden tatminsiziz. Beklentimiz o kadar yükseldi ki elimizde olanları küçümsemeye başladık. Hayatta var olduğunuzu hissettiğiniz yerler ve insanlar sizi mutlu eder. Onlara sahip olma arzusu depresyon sebebidir. Yanlış anladık galiba, dünya satılık değil, tadımlık.

Emanet ve Bakış Açısı

Bu dünyaya geldiğimiz andan beri bizlere verilenlerin emanetçisiyiz. Emanetlerimizi ne kadar iyi muhafaza edersek, güzelleştirmek için çaba sarf edersek, o kadar huzur dolu teslim edebiliriz. Gerçekten başarılı sayılmamız ise bu şartlara bağlıdır.

Bizler; emanet olarak bizlere verilen değerleri sanki bizden hiç alınmayacak, bizim yanımızda yitip gitmeyecek gibi sahiplenmeye başladık. Kendimizden emin oldukça ve gerekenleri yapmadıkça, ise hep yanıldık ve kazanımları kaybettik.

Bizlerde doğuştan emaneti koruyacak ve geliştirecek bir yazılım varken, ne zaman sahiplenici bir role bürünürsek; doğamıza aykırı hareket etmeye başlıyoruz. Sahiplendiğimizi düşündükçe; benim duygusu pekiştikçe, karşımızdaki insana veya eşyaya, nefsimize atfettiğimizden fazla zarar veriyoruz. Bu duyguyu o kadar normal karşılıyoruz ki, zaten benimdi ve ben acısını dilediğim gibi çekerim diye düşünüyoruz.

Özetle, ne kadar elimizde kalan şey varsa bir o kadar da çıkan var. Nasıl geldiysek öyle gideceğiz, ancak gitme şeklimize yaşadıklarımız birer birer renk katıyor.

İnsanın zorlukta en sık başvurduğu yöntem; sıkıntıyı uyuşturmak için eğlenceye dalmak. Hep gülecek, koşturup coşacak bir şey bulmak ister. Dikkat edersen aniden öfkelenir, mekândan mekâna, insandan insana gezer. Durmaz, çünkü durduğunda kendiyle yüzleşecek. Korkar! Korkma, yüzleşince iyileşir insan.

Korku ve Hayaller

Kalabalıklar arasında koşar adım ilerleriz. İçimizdeki seslerin melodisine kulak vermemek için dışarıdan olabildiğince gereksiz ses almaya çalışırız. Amacımız sürekli olarak içimizdeki sesi bastırmaktır.

Kendimiz ile yüzleşmek en başta insana zor ve hüzünlü bir süreç gibi gelse de; uzun vadede insanın kendini tanıması, ne yapıp yapmayacağı açısından çok önemlidir.

Kendimizle yüzleşmekten korktuğumuzda; kendi içimizdeki güzellikleri keşfetmek için adımlar atmadığımızda, kendimizi oyalayabilecek meşgaleler bulmaya çalışırız. Bundan dolayı da içimizden pişmanlık sesleri gitgide yükselse bile; bize hiçbir şey katmayan uğraşlarımıza daha da arttırarak çözümler bulmaya çalışırız.

Her zaman şu soruyu sormalıyız kendimize. Bizi korkularımız mı yoksa hayalleriz mi yönlendiriyor? Hangisiyle motive ediyoruz kendimizi ve günümüzü nasıl geçiriyoruz? Korkularımızla ne zaman yüzleşmeyi düşünüyoruz?

Senin de hayatından birileri çıkıyor mu? Elini attığın işler olumsuz oluyor mu şimdilerde? Meraklanma bir süreliğine tersine döner her şey. Sen büyük risklere girme ve var olan durumunu koru. Her şey güzel olacak illüzyonları var ortalıkta. Kanma söylenenlere, göz boyamalarına. Elindekileri almak için elinde olmayanlarla kandırdıkları dönemdesin. Bir süreliğine dur ve kazanmaya çalışma, şimdilik zamanı değil. Eleme başladı!

Anlam Mekanizmamız

Hiç ummadığımız zamanlarda olur ve biter her şey. Bir anda olmuş gibi gelir bize. Ancak süre ilmik ilmik işlenir. Yavaş yavaş olur ki biz farkına varamayız.

Hiç bitmeyecekmiş gibi başlayan ve devam eden dostluklar ve birliktelikler bir bakarız ki bizi iki yabancıya dönüşen insanlar oldurur.

Zannederiz ki yaşadığımız bu olaylar başkasının başına gelmez, sadece bizlere kötülük verir. Elbette hüzünleneceğiz; ağlayacağız da. Çünkü umduğunun kendine göre olmadığını, hayallerinin tekrar bir daha oluşamayacak şekilde kırıldığını düşünür.

Aslında bizler yanlış yola girmişizdir. O yoldan doğruya dönmemiz için levhalar ile karşılaşırız. Hâlâ anlamak istemezsek ve devam edersek, göz göre göre virajlı yollarda daha ciddi bir şekilde uyarılırız. Eğer ki yaşadıklarımız bizi korkutmuyorsa ve kendimizi düzeltmiyorsak; hiçbir zaman diyemez ki bize zarar verdi bu yaşadıklarımız. Kendi seçimlerimizin sonuçlarını görürüz sadece.

Eğer ki yol yakınken döner ve doğruluğu seçersek, anlam mekanizmamız değişir ve nefsimize deriz ki; bunlar bizi geliştiren ve eksiklerimizi gösteren süreçlerdi. Olgunlaştırdı bizleri ve kararlarımızı daha sağlam almamız için bizlere birer referans oldu.

Başkalarında yorduğun
kalbini bende dinlendirme
artık. Ritmine ayak
uyduracağım diye kalbimi
duyamaz oldum. Bu
geceler bana değil sana
gelsin, kendinle kal ve
düşün. Bensiz atabilir mi
yorgun kalbin?

Gönül Yolları

Hayatımıza her yeni giren insan, bambaşka bir hayatı ve baharın güzelliklerini soluklanabileceğimiz mevsim gibidir. İki insanın bir araya gelmesi ise ikisinin sahip olduğundan ve düşündüğünden daha şaşırtıcı bir zaman dilimine geçirir.

Bizler geçmiş dönemde yaşadığımız sıkıntıları ve egomuzu başka bir insanın gönlünde ve tavırlarında öğütmeye çalışıyorsak; hem kendimize hem de yanı başımızdaki insana zarar veriyoruz demektir. Oysaki amacımız, içimizde yeni fark ettiğimiz gönül bahçelerimize gül tohumları atabilmektir. Ne kadar çok eskiden kalmış ve bozulmuş tohum kullanırsak; geçmişten silmek istediğimiz ve yaşamak istemediğimiz duygular yeşerir tekrardan. Meyvelerini zehirli bir şekilde bizlere takdim eder. Bizler de farklı olma umuduyla o meyveleri yedikçe zehirleniriz ve zehirleriz en yakınımızdaki insanı.

Biraz durup düşünürsek ve karşımızdaki insana eşsiz ve biricik bir dünya gibi bakabilsek; geçmişi unutsak ve hastalıklı yönlerimizi başka şekilde tedavi etsek daha iyi olmaz mı? Olmadı önceden, diyebilirsin ancak bir kere de bu şekilde düşünüp uygulasan ne kaybedersin? Belki de çok şey kazanırsın.

Aşırı sevecen insanlar aslında insanlara olan kızgınlıklarını saklamak için kendilerini bastırıp farklı bir dışavurum yaparlar. "İnsanları çok seviyorum. Çok mutluyum," cümleleri abartılıdır. Başına "çok" koyulan cümlelerin sonu yok olur. Sev ama çok değil; say ama çok değil. Tok olan çok açım der mi?

Dar Sokaklar

Farklı rollere bürünüyoruz hayatımızın farklı dönemlerinde. Yaşadıklarımızdan sonra şekilleniyor içerikleri.

Kimi zaman her şeyi örtbas etmek ister gibi içimizdeki duyguları hiç dışımıza yansıtmıyoruz. Sahte bir mutluluk portresi çiziyoruz.

Bazen ise içimizdeki duyguları eksik bir yan kalmadan, tamamen yansıtmaya çalışıyoruz ve o duygulardan başka güzellikleri içimize almak için yer bırakmıyoruz.

Ne kadar fazla abartılı olursak, o kadar çok yorarız kendimizi. Sadelikten uzaklaştıkça, çekici bir yanımızın kalmadığını ve yanımızdan uzaklaşmaların başladığını gözlemliyoruz.

Yaşadıklarımızı ve yaşantımızı farklı göstermek için, sürekli olmadığımız şekilde davranmaya çalışıyoruz. Yollarımızı kendimizi tanımanın mahallerinden değil de, kendimizden uzaklaşmanın dar sokaklarında geçiriyoruz.

Her şey tadında güzel, deyip de duramıyoruz. Hep bir şeyler yarım ve eksik kalacak duygusuyla telaşlanıp, ona göre hareket etmeye çalışıyoruz.

Yarın acıkırım duygusuyla bugün doyduğundan fazlasını yemek, ne de olsa susarım duygusuyla sürekli su içmeye çalışmak insana nasıl zarar verirse, kendimizi örtmeye çalıştığımız rollerle üstümüze kaldıramayacağımız ağırlıklar yüklemeye devam ederiz.

Ona her şeyi yapabilecek gücün varken yapmıyorsan merhamet senin elinde demektir. Bu da erdemdir, herkeste bulunmaz. Bir de hiçbir şey yapacak gücü olmayıp boş boş konuşanlar var, bunlar da hayatta bir renktir ne yapacaksın?

Merhametin Gücü

Size bir haksızlık yapılıyor ve hakkınızı almak için fırsatınız varken vazgeçiyorsanız, büyük bir sabır ve olgunluk örneği sergiliyorsunuz demektir.

Elimizde imkânlar varken, bu imkânları nefsimizi beslemek için kullanmak bizleri heba eden bir sürece sokuyor.

Karşımızdaki insanları ötekileştirmek ve engellemek için değil de, olanaklarımızı onları kucaklamak ve birlikte hareket etmek için kullandığımızda; bizlere olan yaklaşımları bir anda olumlu yöne doğru kaymaya başlıyor.

Ne zaman ki bir insan size kötülük yapıyor ve sizler ona karşılık sadece ve sadece samimiyetle iyilik yapıyorsanız; farkında olmadan aranızdaki buzlar erimeye başlar ve eskisinden daha fazla yakınlık duymaya başlarsınız.

Kolay olan başımıza gelen bir haksızlıktan sonra elimizden geleni ardımıza koymayarak, hırsımızı ve öfkemizi karşımızdakinden çıkarmaktır. Ancak insan rol model olmak ve sürekli olarak ruhsal gelişimini devam ettirmek istiyorsa; bize haksızlık yapan insanı affetmek en büyük kazanımımız olacaktır, hem kendimize hem de karşımızdakine. Bunu yapmak zor olsa da, insan zor olana talip olmalıdır.

Bakmayın alkışlarla gösterişli
düğünlere siz. En kolayıdır, süslerle
geçmişin rengini boyamak. Arka
plan siyahsa, zamanla eskimez
mi üste geçtiğin gökkuşağı. Hele
ki ahların üstüne ettiysen başka
gönüllere yemin. O ah bir gün seni
bulmaz mı? Şimdilik kurtuldun
zannedersin, ama zaman geride
bıraktığın kara gelinlikli kadını
kâbusun yapmaz mı? Gerçekler gizli
kalmazmış, zaman kollarmış. O da
senin geçici süslerini koparmaz mı?

Enkaz

Her davranışımızın sonucunda iyiye doğru gitme fırsatımız vardır.

Sürekli olarak kötülük üstüne devam ettiğimizde ise; iyiliğe dönme şansımız gitgide zorlaşmaya başlar.

Hele ki bizler bu kötülükleri yaptıkça; daha da mutlu ve huzurlu olduğumuzu, ne de olsa sonucunda kısa vadede başımıza bir sorun gelmediğini düşünürüz. Davranışlarımıza bu düşünceyle devam edersek, bataklıktan çıkmayı görünüşte istesek bile ancak yanlışlıklardan vazgeçmediğimiz için, ne kadar fazla hareket edersek daha da dibe batmaya devam ederiz.

Özellikle kalbimizin en masum duygusunu, yani sevgiyi sırf kendi amaçlarımız için kullandığımızda zahiren mutlu gözüksek de ve her şey yolunda gidiyor gibi görünse de, kendimizi kötülük sarmallarında daha da sıkışık bir şekilde buluruz. Kedinin bir ipe dolanması gibi, hızlandıkça daha da hızlı sararız kendimizi.

Bu duygularımızdan kaçmak için, sürekli olarak rahatlama ararız. Bunun için farklı yollara sapar ve aldatırız. Ancak bilmeliyiz ki her davranışımızda ilk biz aldanmış oluruz.

Öyle bir an gelir ki, işte her şey tamam dediğin anda yıkılır ve üst üste biner her şey. Altında kalırız yüklerin. Bizi çıkaracak bir el bile bulamayız artık, son pişmanlık fayda etmemektedir. Sadece mırıldanarak, zamanımız varken neden yapmadım deriz.

Ne zaman başarı elde etsen hayatına yeni giren çakallar ve eskiden kalan sırtlanlar olur. Siz aslan gibi başarı elde ettiğinizde çıkarcı çakal gelir, hazıra konan sırtlana haber verir. Siz sırtlanla uğraşırken, çakal nemalanır başarılarınızdan. İşte, buna "İNSANLAR ÂLEMİ" denir.

Sonradan Şaşkınlık

İlk adımı attığımızda kimse yanımızda yoktur. Zorluklar üzerimize gelmeye çalışırken, en üzüntülü anlarımızda, gözyaşlarımızı silecek bir mendil uzatanımız çoğu zaman olmaz. Başımızı omuzuna yaslayabileceğimiz, hiç tereddüt etmeden sıkıntılarımızı paylaşabileceğimiz kişilerin daima işleri vardır.

Ne zaman ki bizler artık adımlarımızı daha gerçekçi ve sağlam atıyoruz, bu değişim sesleri artık başkaları tarafından da duyulmaya başlıyor, işte o zaman bize yakınlaşmaya başlarlar. Bizi zamanında hiç umursamayanlar, görmezden gelip alay edenler yavaş yavaş bakışlarını üzerimize kondururlar.

Artık başarılarımız başkaları için imrenme boyutuna geçtiğinde, kıskananlar ve çekemeyenler de gün yüzüne çıkmaya başlar. Yakınlaşmaya çalışarak yer edinmeye çalışanlar, bizden nemalanma isteğini göstermeye başlarlar. Yanımızda hiç kimse yokken, sanki hep bizim yanı başımızda gibi davranır ve bizden beklentilerini karşılamamızı isterler.

Ne kalbin boşa atacak bugün
ne de aldığın nefes boşa
gidecek. Sen istedikçe değil,
ihtiyacın arttıkça cevabı gelecek
dualarının. Bir şeyi isteyip
hemen vazgeçme! Olmuyor
başka, olmayacak başka! Bazı
isteklerin sessiz feryatları vardır.
Duyulur ve sıraya konur. Sen
unuttuğunda önüne konmak
için. Hadi, vazgeçme!

Samimiyet Sınavları

İmtihan hayatımızın hiçbir devresinde bitmiyor. İlk aldığımız ve son vereceğimiz nefese kadar devam ediyor.

Hayatımızın her anında, farklı açılardan samimiyet testlerine tabi tutuluyoruz. Bu samimiyet testlerinden ne kadar çok başarılı olursak, daha büyük ve zorlu bir sınav karşımıza çıkıyor. Zoru başarmakla birlikte samimiyetimiz artıyor. Bizim iç huzurumuz ve buna bağlantılı olarak da başarılarımız da artmaya başlıyor.

Doğrulardan vazgeçmek ve geri dönüş yapmak seçilebilecek en kolay yol bizler için. Olmuyorsa ve zorlanıyorsak, hemen bırakıp başka denizlere yelken açma düşüncesine sahibiz genelde.

Oysaki hedeflerimizi gözyaşlarıyla sulayıp büyüttüğümüzde, acılar çekip gecelerimizi uykusuz geçirdiğimizde, bizlere açılacak güzellikleri ve kapıları görseydik, hiç vazgeçer miydik? Sır ve imtihan zaten burada, bir şeyler gizli kalmayıp, her şey açık olsaydı o zaman gerçekten çalışıp, emek gösteren ile kıymet bilmeyip yan gelip yatan nasıl belli olurdu?

Elinden her iş gelir, çantasını kendi taşır, faturasını kendi öder, bozulan musluğu değiştirir, sıkıntısını kendi çözer, çalışır, kazanır ama bir gün âşık olur. Bir omuz buldu sanır, dinlenmek ister. Başını koyar ve sonra bir bakar ki adam değilmiş gelen, dekormuş. Çünkü erkek hükmetmek için güçsüz kadın arıyormuş. Onunla adam olmayı öğrenmiş, gitmiş daha zayıf bir kadınla evlenmiş.

Rakip ve Mağlup

İlişkilerimizi artık birbirimizin hayatını kolaylaştırmak için değil, birbirimize rakip kişiler ve sürekli rekabet duygularıyla hareket edebileceğimiz şekilde kuruyoruz.

Başkasını bize bağımlı hale getirmeye çalışarak mutlu olmayı amaçlıyoruz. Tahakküm altına aldıkça karşımızdakini ve o istediklerimizi yaptığı sürece, varlığımızın ağırlığını daha da fazla hissettirmeye çalışıyoruz. Kendi doğrularımızı eşimiz de doğru kabul edip sorgulamadan ve düşünmeden yaptıkça; kendimizi nefis çerçevesinden onaylıyoruz.

Birbirimize ve kendimize bakış açımız geçmişte yaşadıklarımızdan ve öğrendiklerimizden ileri geliyor. Sürekli olarak başkasını yönlendirdikçe ve baskı altına aldıkça, doğru yaptığımızı düşünüyorsak, kaba kuvvet uyguladıkça istediğimizi yaptırabilmeyi umuyorsak ya da karşımızdaki insanı silerek kendimizi tekrardan ispat etmeye çalışıyorsak, hatalar zincirinden kurtulamıyoruz demektir.

Olmasını istediklerim geç kalmaz bazen, ben çok erken isterim. Zaman beni olacağa hazırlarken bedellerini de ödetir. Sabırla terbiye eder ki kavuştuğumda kibirlenmeyeyim diye. Çünkü çoğu insan elindekilerini "Ben yaptım" egosuyla kaybeder. Ödül her insanda sonsuz kalmaz, kimi hırsıyla kaybeder, o zaman sıra sana gelir. Hazır mısın?

Bekleyiş ve Farklı Yönler

Hak etmiştim zaten sözlerini söylemeyi bekleriz kendimize. Ancak bu bekleyişlerimizin sonucu kendi zaman dilimimize göre olmadığında hemen şikâyet etmeye başlarız. Kendimizce kurmaya başlarız cümleleri arka arkaya.

Elimizden gelen her şeyi yapmışızdır, başkaları bizim sahip olmayı hayal ettiğimiz şeylere çoktan sahip olmuşlardır, biz hâlâ açken, başkaları masadan tok kalkmaktadırlar.

Kendi mikro bakış açımız makro olan sisteme müdahale etme çabamızı boşa çıkarır. Çünkü her şeyi yapamayan, kendi ölümünü engelleyemeyen, zamanı durduramayan, âciz ve sınırları olan bir varlığız. Kısacası insanız.

Bizleri yoran ve kendimizi değiştirmeye sevk etmeyen bir bakış açısıyla devam etmeye çalışırız. Kendi zaman algımızda tamam bu şekilde olur dediklerimiz genelde bambaşka bir şekilde karşımıza çıkar.

Oysaki bizler her an imtihana tabi tutuluyoruz, eğer ki bekletiliyorsak, bunun için daha ruhsal olarak hazır değiliz demektir veya bu durum şu an için hayırlı değildir, her olayın sonucu bizlere göre değildir, bir olayın binlerce sonucu vardır, bizler sadece tek taraftan bakarsak yanlış değerlendirmelerle göz göre göre hata yapmaya devam ederiz.

Kendisini kusursuz görenler, yaşanan olumsuz olaylarda sorumlu olduklarını düşünmedikleri için özeleştiri yapmazlar. Özeleştiri yapamayan idealindeki benlik ile gerçek benliği arasındaki farkı göremez. Yanlış ilişkiler kurar, kendisini övenin etkisinde kalır.

Nefis ve Mahkûmiyet

Kendimizi tanımak bir o kadar zor bir süreç iken, bir o kadar da gerekli ve önemlidir. Patikaların çok olduğu bu yolda olanlar; içlerinde sürekli korku ve ümit duygularıyla yürürler. Yeni keşifler yaparken, kendileri ile ilgili aslında daha da fazla yolları olduğunu görürler. Başlarına bir musibet iliştiğinde ise çekinerek de olsa vazgeçmeden devam ederler.

Ne zaman bu arayıştan vazgeçilirse, bekleyişler ve umutlar da sönmeye başlar. Eğer ki tekrardan o yollara girmeyi göze alamaz ise, kendisini farklı alanlarda, yanlış sularda, bir nehrin ortasında sürüklenirken bulur.

Sorgular biçimde yaklaşmaz ise insan hayata, nefislerimiz sadece bugüne bakan, haz veren ve hazır olanı alma meylindedir. Düzeninin bozulmasını istemez. Önceden heyecanla yaptıkları, hayalleri artık mutluluk vermemeye başlar, sürekli insanı durdurur ve kendine dar bir alan çizerek insana mahkûmiyet yaşatmaya çalışır. Bu mahkûmiyeti yaşatırken ise kendisini besleyen nefsani kaynaklardan sürekli elde etmek ister. Sürekli onaylanma ve sevilmenin gölgesinde, insan kendisine bir çerçeve çizer ve nefsinin düşüncelerini sahiplenir.

Dilinle kalp kazan bugün.
Cümlelerinde ümit olsun. Bir
insana yapacağınız en büyük
iyilik onunla güzel konuşmaktır.
Herkes para bulur, mevki bulur
ama söz bulamaz. Çok lazımız
birbirimizin güzel sözlerine,
çünkü kaderde olacakları,
kuracağımız cümleler belirler.
Hadi sevgi koksun bugün dilin.

İç'ten Dışa

Seçtiğimiz ve konuştuğumuz kelimeler, nerede ve hangi konuşma içerisinde olursak olalım, bizim iç dünyamızı yansıtır. İçeride ne varsa dışarıya da o taşar misali her kelimemiz bizlerin aynasıdır. Geçmişimiz, bugünümüz ve gelecek hayallerimizin yansımalarını taşır içerisinde ve söylediğimiz insanlara bu konular ile ilgili ne düşündüğümüzü haberdar eder.

Kelimelerin zihnimizde oluşturduğu çağrışımlar ve kavramsal içeriği ise kitap okumayla ilgilidir. *Denemeler*'in yazarı Montaigne der ki, "Beyni en fazla çalıştıran şey, günde en az 15 dakika kitap okumaktır."

Ne kadar fazla kitap okur, kendimizi geliştirir ve kavramsal düşünürsek o kadar zenginleşir dilimiz.

Ne söylediğimizin önem kazanması ve karşı tarafta da doğru bir etki bırakması için, öncelikle yaşantımıza bakmamız gerekir. Çünkü söylediklerimizi eğer ki yaşamıyorsak, kelimelerimiz inandırıcılığını yitirecektir.

Ne zaman ki yaşadıklarımızı söyler, kelimelerin anlamlarını insanların zihinlerine örnekler kullanarak yaklaşırsak, işte o zaman ortak bir zeminde sağduyu mısralarını birlikte okumaya başlarız. Sevgiyi birlikte kelime kelime hecelediğimizde hayatımızın desenlerini birlikte çizdiğimizde, gerçek ve samimi birliktelikler o zaman oluşacaktır.

Bil ki şu an ne varsa aklında çoğu zan! Olur ya da olmaz dediklerin senin gerçeklerin. Bugün ne geldiyse başına kaderin, verdiğin tepkiler ise iradendir. Kimi ağladı, kimi güldü, kimi kazandı, kimi kaybetti. Emin ol hepimiz uyuyacağız bu akşam, ama hangimiz uyanacak bilinmez. Şimdi rahatça uyu, eğer kısmet olursa uyanmak, şunu bil yeter; her şeyin sonu selamet.

Korku ve Sorgulamak

Düşündüklerimiz ve yaşadıklarımız arasındaki farktır hayal kırıklıklarımız.

Bizler yaşayabileceklerimizi önceden kestiremediğimizi bilsek bile, genel itibariyle vereceğimiz tepkileri belirlediğimizi düşünüyoruz kendi çerçevemizde.

Kendimizce kurguladığımız düşünceler ve doğrularımız; genelde gerçek hayatta yanlışlanıyor. Kafamızda oluşturduğumuz dünya hayatının izlerini arıyoruz. Bu izlere ulaştığımız sürece başarılı ve mutlu olacağımızı düşünüyoruz.

Korkuyoruz eğer ki farklı bir durum oluşursa, huzurumuz kaçar mı diye? Bu sefer yaşamaktan kendimizi geri çekmeye başlıyoruz, korkularımız ne kadar pekişirse, o kadar kapanıyoruz içimize. Kendimizce kurduğumuz düzende yaşamaya çalışıyoruz.

Hepimiz varoluşsal mücadelemizin peşindeyiz. Kimimiz bilinmeyeni çözmeye çalışarak kimimiz de bilinmeyenden kendimizi saklayarak bu mücadeleden başarılı çıkacağımızı düşünüyoruz.

Ne zaman ki bizler karanlık gibi gördüğümüz bilinmeyenlere iyi niyetli ve sorgulayıcı bakış açılarıyla baksak, hiç ummadığımız anda kalbimizi ve ruhumuzu daha iyi tanıyabileceğimiz daha geniş alanlar açılabilir.

Kendine yaptığın
en büyük
kötülük ne?
Başka düşmanın
olduğunu
düşünmüyorum.

Yorgun İnsan

Bize bizden başka kimse daha fazla zarar veremiyor. Öncelikle kendimizi affedemiyoruz, sürekli hep keşke ve endişeler içerisinde boğuşuyoruz.

Geçmiş ve gelecekle ilgili çok fazla ve gereksiz yere uğraşmaktan, kuruntularımızdan kurtulamıyoruz, korkularımızı arttırıyoruz. Bu düşüncelerden sıyrılmak için de yanlış yollarda kendimizi unutmanın yollarını arıyoruz.

Bizi bizden başka engelleyenler var gibi gözükse de, asıl engelleyici kendi nefsimiz. Onları nefsimiz bize gösteriyor ki en baştan kendisini unuttursun ve istediklerini bize yaptırsın.

Kendimize söyleyemediklerimiz, korkularımız ve takıntılarımız olarak sürekli karşımıza çıkıyor. Ertelediklerimiz ve vazgeçtiklerimiz, kırdığımız kalpler, mevki makam sahibi olma arzumuz, güçlüyken ezip geçtiklerimiz, acısı olanlara dönüp bakmadıklarımız hepsi birer iz bırakıyor sinemize ve hayallerimizin bir köşesine.

Yemeğin pratiğini, diyetin hızlısını,
şarkının kısasını, işlerin kolayını
ister olduk. Arkadaş olmadan
dost, sevgili olmadan karı koca
olduk. O kadar hızlı ki her şey,
yaşamı yarış yaptık. Sanki herkes
rakip ve bir tutam düşmanımız.
Söylesene arkadaş, kim bu yarışın
kazananı? Sonu ölüm olan bu
pistte, sona varmaya acelen ne?

Doğum ve Ölüm

Hepimiz aynı sonla karşı karşıya kalacağız. Bir gün ölümü tadacağız, belki de çok kısa bir süre sonra. Hepimiz bu sona varacağız elbette, demek ki bu sona hep birlikte hazırlanmamız gerekiyor. Çünkü hepimizin ortak noktası doğum ve ölüm. Sona hazırlanmak ise bu dünya hayatında yaptıklarımızdır.

Zihnimize oynayan oyunlar ile teknolojinin de yardımıyla hız çağında yaşıyoruz diye düşünüyoruz.

Ne kadar hızlı iş çözüyorsak o kadar başarılı görülüyoruz. Ne kadar çok iş yaparsan, kısa sürede o kadar artıyor rütbelerimiz, mevki ve makamlarımız.

İçimizde hiçbir şey kök tutmadan oluşmaya çalışıyor. Düşüncelerimiz değil, sadece yargılarımız oluyor. Bilinçli bir şekilde atmıyoruz artık adımlarımızı, yapay bir mutluluk bulutunun içerisinden geçip gidiyoruz sadece.

Bir süre sonra gerçekler ile yüzleşmeye başlıyoruz, yavaşladıkça kendimizle yüzleşiyoruz. Hayatın hiç görmediğimiz yanları ile tanışıyoruz. Umduklarımız ve bulduklarımız arasındaki farkları ayırt etmeye başlıyoruz. Ben kimim sorularına cevaplar bulmaya çalışıyoruz.

Hızlandırdığımız da ise tam tersi bir şekilde mahrumiyetler yaşıyoruz. Sadece tüket, kullan ve at kültürü tüm hayatımızı sarmaya başlıyor. Yeni davranış kalıplarımızı en yakınlarımızdan başlatıyoruz. Tükeniyoruz tüketirken, kullanılıyoruz kullanırken, atılıyoruz bir anda atarken.

Bazı insanlara aşırı ilgi gösterdiğinizde, bütün yüklerini size bırakırlar, çünkü onlar kendilerine ilgi göstermeyenlerin peşine düşerler. Sabırları, tavizleri başkasına gösterip sizi ihmal ederler. O zaman kimseye aşırı ilgili olma, sen ilişki istedikçe onlar çelişki yaratırlar.

Olmazsa Olmaz

Tadı damağımızda kalır bir yemeğin ve onu ömrümüzün sonuna kadar unutamayız, her şeyi yerli yerindedir yani dengededir, ne bir eksik ne bir fazladır, o kadar farklı yemek yesek de aklımızda son nefesimize kadar saplanıp kalır.

İlişkilerimizde ve davranışlarımızda aynı şekilde denge mekanizmasıyla hareket etmek zorundadır, çünkü insan bedensel ve ruhsal olarak sürekli denge arayışı içerisindedir. Eğer ki bu çerçeve yerli yerine oturtulmaz ise, sorunlar meydana çıkmaya başlar.

İnsanın en başta, hayatında korku ve ümit dengesini yaşaması gerekir. Kazandıktan sonra kaybetme duygusu, hiçbir şeyi yokken de kazanma duygusu olmazsa, nefsimiz bizlere elimizdekileri de kaybettirmek için türlü gerekçeler sunarak bizi inandırmaya çalışır.

İnsanlar açısından da, ilişkiler açısından da gereklidir. Eğer ki kazanma ve kaybetme dengesi kurulmazsa, sürekli benim elimde ne de olsa duygusuyla istediğimiz gibi hareket etmeye başlarsak, karşımızdaki insanda baskı unsuru oluşturulursa, ilk bizden uzaklaşacağı muhakkaktır.

Var mı bugünden bir
kârın? Ne kattın, ne aldın
yaşadıklarından? İnan ki
boşuna değildin, çünkü
boşuna yaratılmadın. Şimdi
bir hesaba çek kendini.
Kuyu mu derindi bugün?
Yoksa ipin mi kısaydı?

Sorular ve Cevaplar

Gözlerini kapamadan önce düşünür durursun.
Aklında hangileri kalmıştır sana hissettirilenlerin?
Aklında hangilerinin kalmasını istersin yaşadıklarının?

Çok fazla uyaran ile karşı karşıya bulunuyoruz artık, bu uyaranları tanımlama ve zararlı olanları engelleme süreci ise bizlerin farkındalık düzeyi ve ilgi alanlarımız ile ilgili. Kendimizi geliştirmediğimiz sürece, yönlendirmeye açık konuma getiriyoruz kendimizi. Nereye rüzgâr eserse, oraya uçan bir yaprak parçasına dönmeye başlıyoruz.

Sorular sorarız ardından kendimize; neden bu dünyaya geldim ve nereye gidiyorum diye? Varoluşsal olarak bu sorulara cevap veremezsek, gerçek bir katkı sunamayız hem kendimize hem de çevremize. Ne zaman ki bu sorulara cevaplar buluyoruz, işte o zaman hayatımızdaki kararlarımızı da ona göre almaya başlıyoruz.

Başkalarının büyüklüğü seni küçük yapmaz. Kendinle rekabetinden vazgeçince kaybedersin. İnsanlar birbirleriyle yarışsın diye değil, birbirleriyle yardımlaşsın diye yaratıldı. Rakibi kendi olanın birinciliği elinden gitmez. Hedefin ne olursa olsun vazgeçme, bırak seninle yarışan yarışsın. Seni, yaptığın yardımlar zirveye taşıyacak. Rakiplerin destekçin olana kadar devam et.

Rakipsiz İyilik

Yetiştirilme tarzımızın yanlışlıklar barındırması; bizlere hayatımızın her evresinde sürekli rekabet duygusuyla hareket etmemiz gerektiğini anlattı.

Kıskançlık duygularıyla ilişkilerimizi düzenlemeye ve konumlandırmaya başladığımızdan beri hatalar yapıyor ve yanılıyoruz.

Oysaki diğer canlıların arasında hiçbir rekabet yoktur. Ortak çalışma vardır. Aynı şey bizim bedenimiz için de geçerlidir, kulağımızın duyması, gözümün görmesine engel değildir. Kalbimizin çalışması yemek yememize engel teşkil etmez. Birçok iş aynı anda yapılmaktadır. Bu örneklerin bizlere sosyal hayatımızda da yön gösterici olması gerekmektedir.

Bizlerle diğer insanların aynı duyguyu taşıması mümkün olmasa da, birbirimize saygı duymamız mümkün. Başkaları ile aynı düşünce ve duygu birlikteliğini beklemek ise, zaman kaybı yaşatır bizlere.

Bize düşen yanımızda bizi destekleyen kimse olmasa da, elimizden gelenin en iyisi yapmak ve insanlara gösteriş amacında olmamaktır.

Sevgili anne babalar sakin olun, okullar açıldı. Çocuğunuz hareketliyse ders notları düşer, ama ileride girişimci olur. Sınıfta ön plana çıkmıyorsa, öğretmenin gözdesi olmaz, ama ileride istikrarlı olur. Sürekli eşya kaybediyorsa paranıza yazık olur, ama ileride evin neşesi ve kurtarıcısı olur. Matematikten anlamıyor diye zayıf alır, ama ileride duygusal zekâsı yüksek biri olur. Okul siz velilerin ego yarıştırdığı bir yer değil.

Yaptıklarımız ve Beklentiler

Öğrenmenin ve anlamanın belirlenmesi artık çok farklılaştı. Aileler için öğrencilerin öğrenmesinden çok, sonuç odaklı, sadece 1-5 arası alacağı notlar ve kutucukları doldurmaktan ibaret bir bakış açısı hâkim olmaya başladı. Çünkü aileler farkında olmadan, çocuklarını sadece rekabete dayalı ve gösteriş odaklı yetiştirmeye başlıyor.

Başarı kavramı çocuklara yanlış anlatıldıkça, düşük not alan bir çocuk kendini tamamen eve kapatmaya başlayacaktır.

Oysaki insan doğuştan farklı potansiyellere ve yeteneklere sahipken, bu rakamlara sıkışmayacak kadar da zengin bir mirası içinde taşır.

Bizler ne zaman ki geçmiş dönemde yapamadıklarımızı çocuklarımız üzerinden karşılamaya çalışırız; çocuğumuzu ailemizin statüsünü diğer ailelerin önüne geçirecek bir araç olarak görürüz, işte o zaman çocuk üzerindeki yükü de bilmeyerek arttırmaya başlarız.

Gerçekçi bir şekilde öğrenme sağlanmadan yüksek notlarla geçse, iyi bir işe girse de sonucunda ruhsal açıdan sıkıntılı bireyler yetiştirmiş oluyoruz. Dışarıdan her şey güzel gözükse de, çocuklarımızın ruhunu ve kalbini, medeniyetimizin değerleri ve evrensel gereklilikler ile yoğuramıyoruz.

Sokaklar
âşık taklidi
yapanlarla doldu.
Karşısındakiler ise
taklide bile razı.

Yapay Arayışlar

Gerçeklikle bağımızı kaybettikten sonra, başladık farklı arayışlara. Hepimiz bulutların üzerinde yürümek istiyoruz. Kendimizle yüzleşmekten çekinir olduk. Adım adım ve emek vererek oluşabilecek gerçek aşkın peşinden koşmuyoruz. Ya zor geliyor ya da zorlanacağımızı düşünerek bırakıyoruz.

Anlık heveslerin peşinde ve yalnızca sevilme telaşındayız. Birisi beni sevsin ve sevildiğimi hissettirsin istiyoruz. Kendi önemliliğimizi ve varoluşumuzu sadece iki çift göze bırakıyor ve o olmazsa olmaz konumuna getiriyoruz.

Kendimizi sınırlı ve sonradan yanlış öğrenilmiş bir çerçevenin içine yerleştiriyoruz. Bize verilen güzelliklerin ve masumane duygularımızın farkına varamıyoruz.

Bunu bile bile yaşıyoruz. Hayatı, yapay ve umutsuz bir şekilde resmediyoruz zihnimizde. Elle tutulur neyimiz var diye sorsak kendimize, hemen nefsimiz devreye giriyor ve cevaplıyor: Kimin olmuş ki senin olsun, sen de katıl ne olacak ki huzursuzluk ve mutsuzluk kervanına.

İleride en büyük destekçilerimiz şimdilerde takdir edip teşekkür edebildiğimiz insanlar olacak. Size yapılan en küçük şeyi bile teşekkür ederek toplayın. Allah takdir etmeyi bilenin kalbinden kıskançlık ve kibri alır. Böyle bir gönül ise fakirlik çekmez. Aldığı her nefes zenginlik sayılır. Vay, o her şeyi olup hiçbir şeyi yokmuş gibi yaşayanlara.

Yaşatmak

Yaşatmak için yaşamak, bir başkası daha iyi bir ömür sürsün diye paralamak kendini, kendinde olanın en güzelini paylaşmak, en sevdiğin eşyayı hiç tanımadığı bir insana aniden hediye etmek...

Beklenmedik bir anda gülümsemek ve hal hatır sormak hiç tanımadıklarına.

Hiç kimsenin bilmediği bir yerde yemek yiyip teşekkür etmek aşçısına.

Bir daha gelemeyeceği bir parkta küçük bir çocuğu sallamak, kendisi artık hiç binemeyecek olsa da.

Sıradanlık ve sadelik.

Sessizlik ve diğerkâmlık.

Gülümsemek son nefeste.

Son nefesten sonra farkına varılmak, belki de hiç tanınmamak...

Bir ailede bireyler birbirini ne sebeple olursa olsun ihmal etmeye başlarsa, herkes evi otel gibi kullanıyorsa, kişiler kendi odasında gözyaşı döküp başka kollarda mutluluk aramaya başlayınca, Allah o eve sıkıntı verir. Herkes birbirine bağlansın sorunu çözsünler diye. Bundan da ibret almazlarsa, evden kopmalar başlar. Bu da beladır. Buluşmayı bilmeyenlerin sonu ayrılıktır.

Daralan Odalar

Sonu gelmeyen yollara giriyoruz kendi kararlarımızla, oysaki ne kadar umutla başlarız her şeye. Herkes mutlu olacaktır sonunda ve mutlu edecektir karşıdakini hesapsızca. Ancak zaman geçtikçe düşündüklerimiz gibi olmamaya başlar, hayat öyle ilerlemez. Yalnızca kurguladığımız şekilde olacağını düşünmüştük, ancak yanılmışızdır.

Artık evleri bir sığınak yeri olarak göremiyoruz dışarıdan gelen tehlikelere karşı. Güzellikleri konuşmadığımız zaman, vakit geçirdiğimiz ve birbirimizle konuşmadığımız mekânlar olmaya başladı evlerimiz. Azaldıkça iletişimimiz endişelenmez olduk birbirimize. Umutlarımızı, hüzünlerimizi bilmiyoruz artık birbirimizin. Yanlış adımlarla doğru yolda yürümeye çalışıyoruz. Oysaki hiçbirimiz mutlu değiliz.

Yeryüzündeki cennettir evlerimiz; eğer ki bizler bu konuda özverili davranırsak, dayanılmaz bir acıyla bizleri karşı karşıya bırakır. Oysaki çok mu zordur, hiç de değil, yeter ki bir gün göz göze gelip de; bugün nasılsın diye soralım ve doya doya mutluluğu yaşayalım sevdiklerimizle.

Dua etmek stresi azaltır, sabrı geliştirir ve umut verir. Sana acı veren şeylerle gününü geçirme. Bugün mücadelede ol ve unutma; sıkıntıları gönderene teşekkür edersen, mutluluğa şükredecek günlerin olur, çünkü tüm mutluluklar acı maskesi takar. Ödül isteyenin ceza istemiyorum deme hakkı olur mu? Hadi kalk, yaşam başladı, hakkını ver.

Huzur

Seni senden daha iyi bilen ve senin varlığından haberdar olduğunu; başıboş olmadığını, sürekli olarak korunduğunu düşündüğünde, gerçek huzura ulaşırsın. Çünkü senin eksikliklerini tamamlayacak; senin için bu hayatta yer açan; sana güzellikleri tattıran, başkasına sevdirecek olan Allah'tır.

Sen ne kadar istesen de olmayacak olan olaylar bir bakmışsın hiç düşünmediğin şekilde olur. Olmaz dediklerinin hepsini bir anda karşında görürsün, inanamazsın gözlerine. Allah eğer bir şeyin olmasını isterse, sadece ona ol der, o da oluverir.

Belki de sen çok öncelerden seni gerçekten sevecek ve merhametle yaklaşacak olan anne ve babanın iç çekişleriydin. Babanın sabahlara kadar çalışmasına neden olacak motivasyon kaynağıydın. Annenin umutla beklediği güzel günler için gözlerindeki ışıldamaydın. İleride yuva kuracağın eşinin saf ve masum gözyaşlarıydın, bilemezsin...

Bugün AVM'lerde değil,
sokaklarda gez. Mağazalarda
tatmin arama, sevdiklerinle
ol. TV başında uyuşma, canlı
sohbetlerde ol. Boş zamanda
uyuma, kitap oku. Çocukları,
hayvanları, yaşlıları sev, ilgilen.
Bugün anı yaşa, ne geçmişte
ne de yarınlarda ol. Bugün
eleştirecek şeyleri değil,
takdir edeceklerini bul.

Tebdil-i Mekân

Farklılık insana her zaman en iyi gelen ilaç, sabitlik ise bizleri tembelliğe sürükleyen bir zehir. Ne kadar fazla durumumuz farklılaşmıyor; yani anbean gelişme imkânından ve güzeli görmekten kendimizi alıkoyuyorsak, o kadar fazla düşüyoruz demektir.

Her gün gibi bugün de seçim yapma şansımız vardır, ama şimdiye kadar alışılmadık bir şeyi dene.

Çok uzun zamandır adım adım uzaklaştığımız değerlerin ile bütünleş, evrensel doğrular bana ne söylüyor diye kendini bir kontrol et, acaba gerçekten yapmak istediklerin ve yaptıklarınla şu an hangi yolda olduğunu bir düşün.

Hiçbir şey yapmak gelmiyorsa bile içinden; deniz kenarında oturup sadece uzaklara baksan bile; içine doğru yolculuk etsen bile yeter.

Bu akşam Ay'a ve
yıldızlara emanet ettim
düşüncelerimi. Eminim ki
Güneş'e teslim edecekler,
aydınlansın diye. Sabah
uyanabilmek nasip olursa,
toplarız birlikte en temiz
olanlarını. Sen de dene
bu gece.

Parlak Gökyüzü

Hepimiz tek başımıza kalıyoruz işte bu gecenin saatlerinde. Herkes kendi evine çekilmiş, kendi hayallerine...

Gökyüzüne bakıyoruz ne kadar da uzakta bize diye düşünüyoruz; oysaki ne kadar da yakın duruyorlar, hayallerimize benzetiyorum gökyüzünü; belki de bize yıldızlar gibi yakın görünüyorlar ama bir o kadar da şu anki hayatımızdan uzaklar.

Bırakmalı bazen insan kendini uçsuz bucaksız düşünmeye.

Kendini sınırlamamalı, farklı bir hayal âleminde kendine yer edinebilmeli.

Alabildiğine düşünmeli; mutlu ettikçe başkalarını, mutlu olacağı hayaller kurmalı.

Zamanını alan şeyleri iyi tahlil et. İşine yaramayacak mekânlar, insanlar, diyaloglar başarılı olmana en büyük engeldir. Sen bu şeyleri dinlenme yeri gibi görme. Azimli insan boş konuşanların masasında dinlenmez. Gerekirse, yalnız kalır, kendini kamçılar; yine de şikâyet etmez. Sınırlı yaşamında kendine yapacağın en büyük yatırım bilgi, deneyim ve paylaşımdır. Gerisi hep karnını doyuran araçlardır. Ruhuna sağlık.

Varoluş ve Hazlar

Çok fazla zamanı var gibi düşünür genelde insan, hiç bitmesini istemez veya hiç bitmeyecek gibi yaşar hayatı. O yüzden sürekli kendisini boş rüyalar ve heveslerin kucağına atar. Kollarını açmış bekleyen hazların kurbanı olmak için varını yoğunu harcar.

Zamanını boşa geçirir ama dolu geçirdiğini zanneder. Böyle zannetmeler arttıkça, içindeki sıkıntılar da aynı oranda artmaya başlar. Doğuştan getirdiği ve asıl vazifelerini yapmaya çalışmadığında ise kendi varoluşundan uzaklaşmaya başlar. Kendini tanımak ve keşfetmek için önüne kadar gelen fırsatı, elinin tersiyle hiç düşünmeden iter.

Oysaki gerek olmayan fiiliyatlara yüzünü çeviren bir insan kısa vadede kaybettiğini düşünse bile, uzun vadede kazanmış sayılır. Öncelikle vazgeçtiği peşin bir sabır ve irade mükâfatını almış olur, çünkü insanın gerçek başarısı anlık ve başkasına göre değil, kendi varoluşsal hak edişleri ve sonsuz doğrularla uyumlu olma çabasıdır. Bu çabadan sonraki adımlarını ve her anını yararlı işlerde harcamak ister. Artık yalnızlığı kendisine sıkıntı veren bir engelleyici değil; arkadaşlık ve yol göstericilik yapan bir yardımcı olmaya başlamıştır.

Gerçekten sevilen kadın, çocuklarına iyi bir anne, işinde başarılı bir kadın, evinde mutlu bir insan olur. Ne kadar paranın olduğu, hangi işleri yaptığın seni bağlar. Bunun kadına faydası geçicidir. Ama kalıcı mutluluk istiyorsan, elin dokunurken sıcak, dilin konuşurken şefkatli, gözlerin bakarken koruyucu olmalı, çünkü erkeğin kalbi ne kadar helalinden zenginse, kadının öfkesi o kadar fakir olur. En büyük günah, sevgisizliktir. Bir kadın sadece günahsız erkeklere huri olur.

Sevginin Gücü

Sözcüklerimizi özenle seçmeye başladık artık, içine güzel kelimeler koymamaya özen gösteriyoruz, sevdiğini söylemek hiç bu kadar zor olmamıştı belki de, kendi duygularımızla yüzleşmek belki de bu kadar uzak olmamıştı hiç.

Ne zaman ki bizler içimizden geldiğince sevgimizi kelimelere ve davranışlara yansıtırız, işte o zaman açılmayacak hiçbir kapı bırakmamak için ilk adımı da atmış oluruz. En güzel anahtar kelime: Sevmek; insanlığımızı pekiştirir ve işte o zaman bunu ifade etmek ise hayat tarzımızla ilişkilerimizi kuvvetlendirir.

Kadınlar duymak ister sürekli olarak sevildiğini, sevilmek cesaret ve güç verir insana. Hele ki annelik gibi harika bir duygu yaşayan kadınlar öyle güçlenir ki; dünyanın en önde gelen liderleri annelerin elinden yetişmiştir. Öyle önemlidir ki bir kadına sevildiğini söylemek ve hissettirmek davranışlarımızla; belki de dünyanın en önde gelen insanını yetiştirmeye vesile olur, sadece birkaç kelime.

Tüm güzellikler, biz onlardan payımızı alabilelim diye yaratılmıştır. Payına düşenle mi yoksa başkasına nasip olanla mı ilgilisin? Çoğu zaman olmuştur istenen ama biz farkında değiliz. Bu gece bir düşün bakalım başkasında olmayıp sende neler var diye! Önce onlara bir şükret dostum, sonra odaklan geleceklere. Merak etme her pastada payın var, bazen kekinde bazen kremasında. Sabret...

Sabret-Şükret-Seyret (Mevlânâ)

Elimizdekilerin değerini bilemedikçe, bizlere verilen emanetlere haksızlık yapmış oluruz. Küçümsemeye ve önemsiz gibi görmeye devam ettiğimizde, bu sefer sahip olduğumuzu düşündüğümüz şeyler elimizden alınmaya başlar.

Herkes için emeğinin ve yaptıklarının karşılığını, maddi veya manevi, bu dünyada veya diğer dünyada daha güzel şekilde alacağı bir sistem içerisinde yaşıyoruz. Yaratılan canlı ve cansız her şey bu sistem içerisinde başıboş değildir ve çabaları da anlamsız değildir. Her şeyin belirli bir zamanı vardır ve elbette haklıya hakkı tamamen ödenecektir.

İnsan merak duygusuyla, sonuçlar ile çok fazla ilgilenmeye başladığında, kendisini sıkıntıya sokmaya başlar. İnsanın elinde olan süreçlerdeki davranışlar ve tercihleridir. Oysaki değiştiremeyeceği şeyler ile ilgili değiştirebilirim zannıyla yaşamaya başladığı zaman yanılır, başkalarında neden var bende neden yok düşüncesiyle rekabet damarını uyandırır.

Herkesin gizli kasasını açtı dünya.
Yalanlar, yenilmiş haklar, yapılmış
zulümler, dolandırılmış hayatlar, ne
varsa kusuyor hepsini. Yıllarca mutlu
fotolarda gördüklerimizi cezaevinde
ya da yurtdışına kaçarken resimliyor.
Bazılarını cenazelerde duası okunan,
bazılarını bir kazayla yaralıyor. Kim
samimiyetsiz evlendiyse boşatıyor,
hak yiyenleri yediklerinde boğuyor,
çünkü dünyanın kalbi de dayanmıyor
artık bu kadar siyahlığa.

Arınma Hali

Elbette yaptıklarımız yanımıza kalmıyor, iyi ve kötü olan tüm davranışlarımızın sonuçlarını görüyoruz, çünkü yeryüzünde mutlak bir adalet vardır, insanoğlu ne zaman ki bu adalet dengesini bozmaya çalışmayı amaçlar ve adımlar atarsa; kendisini çıkışı olmayan yolların ortasında bulur.

Güzel görür bazen insan, sürekli iyi yaptığını zanneder, ona öyle gösterilir. Farkına varmaz yediği hakların, yaptığı dedikoduların, ezip geçtiklerinin, nefisinin istediği gibi davrandığı birçok insanı artık görmezlikten gelir, yaşam amacı sanki sadece nefsini tatmin etmek ve bu duyguları sürekli hale getirmekmiş gibi yaşar.

Oysaki hayat o kadar kısa ki; ne yaşarsak yaşayalım kaç sene olursa olsun hep bir göz açıp kapama kıvamında yaşıyoruz, sanki hiç ölmeyecekmiş gibi yaşıyor ve hiç yaşamamış gibi ölüyoruz.

Allah'a güzel insanlarla olmak
istiyorum diye dua et. Duanın
kabul olduğunu yanlış insanlar
hayatından çıkınca anlayacaksın.
Hani doğru gelmeden yanlışın
gitmesi gerekir ya, bu da öyle bir
şey. Bazen yanındakiler sayesinde
sahip olduklarının tadını alırsın.
Sen bir daha düşün bugün
kimlerleyim ve ne yapıyorum diye!
Kimse tadını kaçırmasın.

Samimiyet

Samimi bir şekilde yaklaştığında Allah'a, içinden gelen beklentilerini paylaştığında, iyi ve halis niyetlerle yola çıktığında, huzurla dolmaya başlarsın, çünkü seni senden daha iyi bilir Yaradan, senin ihtiyaçlarını da karşılayacak yalnızca O'dur.

İnsanlar ve olaylar bir bakmışsın vesile olmaya başlamıştır hayatındaki başarı yollarında, seni doğru yollara ileten birer levha olmuşlardır. Sürekli senin iyiliğin için koşturur dünya.

Eksilir hayatında olmaması gereken her şey. Artar zamanla ortak duyguları paylaştığın insanlar, tanıştırılırsın, kalplerinize sevgi koyulur hiç beklemediğin bir anda. Kaynaşırsınız. Bir bakmışsın dost, bir bakmışsın iki dünya saadetini yaşayabileceğiniz eş olmuşsunuzdur.

İçinden sevmek olmaz. Tadını almak, sesini duymak, resmini görmek ister insan sevilmenin. Sevgi selamla başlar. Selam senin farkındayım demektir. Ve insan fark edilmek için her türlü hatayı yapar. Bir insanda hata varsa, sebebi yanındakilerin sevgisizliğinden olabilir. Sevgi öğretmenidir her insan. Ve her öğretmenin okulu dünya, sınıfı kalbidir. Hadi uyan öğrencilerin bekliyor, çünkü sevmeden dönmez devran.

Tutulamayan Sevgi

Sadece içimizden geçirmek değildir sevgi, çünkü insan bu kadar büyüyen ve güzelleşen bir duyguyu içinde tutarak yaşayamaz, tuttukça kendisine zarar verir. Açığa çıkmak ister ilk bulduğu fırsatta. Ne zaman ki bunu doğru bir dille ve yaşayışla sergiler, işte o zaman kendisinin de ummayacağı etkiler meydana gelir.

Küçük bir merhaba ve elvedadan başka nedir ki hayat, çünkü aradaki yaşadıklarımızı, yani dünya hayatımızı kaç sene yaşarsak yaşayalım, hep hızlı ve sanki hiç olmamış gibi gelir insana, ancak gönülden bir gülümseme başlatır her şeyi.

Merhabalar çoğaldıkça tanıma isteği başlar masumane, içini açar iki taraf da, en derinlerle birlikte ilerlenir, çünkü tek başına korkar insan. O sevgiye ulaştıklarında ise sadece birbirine söylemek kalmıştır, usulca ve nadiren söylerler sevgi kelimelerini. Az ve sessiz olan güzel değil midir zaten.

Bize öğretilmiş hayaller yüzünden mutsuzuz. Bize dayatılan tüket, mutlu ol illüzyonları yüzünden kendimize yabancılaştık. Yıkmamız lazım bizi bizden uzaklaştıran uyaranları, kendimizi bulmamız lazım kalabalık sanallıkta. Sende olmadığı için eksiksin mesajı veren her şeyi elinizin tersiyle itin. İnsan eşyadan eksik kalmaz, değerlerden eksilir.

Kültürel Genlerimiz

Uyumlu yaşamak, her şeyi tamamen kabul etmek değildir. İnsanın toplumsal ve insani gelişim için yapması gereken önce kendi değerlerini bilip, tanıyıp ve içselleştirdikten sonra tüm dünyaya açılmasıdır.

Ancak bizler, genetik ve zihinsel kodlarımızda kendi kültürel mirasımıza sahipken, farklı dünyaların hayallerini yaşamaya çalışıyoruz. Kendi geçmişimizi değiştirmeye ve yanlış olduğunu kendimize inandırmaya çalışırken, hazlarımıza hitap eden her yeniliği sorgusuz sualsiz almaya ve yaşamaya çalışıyoruz.

Bunun için ise teknolojinin tüm olumsuz yanları seferber ediliyor. Bizler farkında olmadan değerleri paha biçilemez ve kendi mahsulümüz olan, binlerce senedir ağır ağır yetişen ve olgunlaşan hayallerimizi bir kenara bırakıyoruz. Ne zaman ki kendi bütünleşmemizi sağlarız, işte o zaman tüm dünyaya tekrardan örnek olabilecek, rol model insan ve toplum olarak insanlık coğrafyasına katkıda bulunuruz.

Bazen her şeye ara verme, zamanı gelir. Bugün kesinlikle düşünmeyeceğim dediğiniz şeyler olmalı. İşte size bir fırsat, bugün sevdiklerinizle olun. Hem bedensel hem de ruhsal olarak. Samimi bir sohbet, etkin bir dinleme, hoş bir tebessüm, küçücük bir yardım edin yeter. Sonra geçin kenara ve izleyin yaşamanın tadını. Derdim çok diyenler, tamam anladım, ben de ara verin dedim zaten.

Kısa Bir Mola

Yoğunum kelimesini duyarız; çoğu zaman sevdiklerimizden bizi ayırır olmuştur. Hep bir şeylerin peşinde koşarız, her birimizin haklı sebepleri vardır. Hep mazeretler üretiriz kendimize içimizi rahatlatmak için.

Unutmuşuzdur belki de denize karşı oturup çay içip simit yemeyi, belki de vapura binip sadece seyahat etmeyi. Hep bir neden olmalı ki ondan sonra yaparım düşüncesi bizlerde oluşmaya başlasın. Bize insan olduğumuzu hatırlatan ve bizi rahatlatan her şeyi aradan çıkarma mevzusu olarak görüyoruz. Aradan çıkardıklarımız işlerimiz değil, değerlerimiz olunca, sevdiklerimizi bu kategoriye soktuğumuzda, kendimize ve çevremize aslında en büyük haksızlığı yapmış oluruz.

Çünkü ruhumuz dinginlik istiyor, geçmişe dönüp o saf, masum çocukluğumuza arkadaşlarımızla sohbet ederek dönmek istiyor, üzerindeki kıyafetlere aldırmadan kaydıraktan kaymayı, başkası ne der düşüncesinden sıyrılmak istiyoruz. Ruhumuz ve kalbimiz sevgiden parlayan gözler arıyor, konuşmalarda uzlaşma ve samimiyet arıyor.

Ne zamandır duyacaksın ruhunun sana söylememek istediklerini, yoksa yoğun musun yine, peki ne zaman bitecek yoğunluğun? Çünkü ruhun bu ihtiyaçları sana her an daha yüksek sesle tekrar söyleyecek.

Hiçbir şey zannettiğimiz gibi değil, sadece öyle olduğuna inanıyoruz. Ve OYUN BAŞLIYOR. Bakalım nasıl bir haftanın oyuncusu olacağız? Unutma, oyun senin düşüncelerine göre değişiyor.

Yerleşememek Kötülüğe

İyi ve kötü arasındaki savaş ilk insanla beraber başladı ve son insana kadar da devam edecek.

Her sabah kalktığımızda, bugün için hep iki seçenekle çıkıyorum aslında evden. İyinin tarafında mıyım bugün, yoksa kötülük için mi adımlar atacağım?

Gün içerisindeki davranışlarım acaba iyiliğe mi hizmet edecek, yoksa kötülüğe kol kanat mı gerecek?

Otobüsle giderken yaşlı bir teyzeye yer vermemek için uyuyor numarası yapacak mıyım veya birisi kapıdan girerken onun önden geçmesi için kapıyı ona açacak mıyım?

Sabahki günlük düşüncelerimiz ve uygulamak istediklerimiz gün içerisinde anlara bölünür ve sürekli olarak bir seçim bırakır insanın şefkatine. İnsan bu seçimleri yaptıkça gelişir ve özgürleşir. Sorumluluklarının ve bundan sonra nasıl yaşaması gerektiğinin planları zihnine çizilmeye başlar.

İnsan, egosuna ters düşse de, rahatını bozmadıkça, yani yaşlı teyzeye yer vermedikçe, bir yetimin başını okşamadıkça, insanlık için kendi kaprislerinden vazgeçemedikçe ve en önemlisi de sürekli olarak her ilişkisinde, her tavır ve davranışında kolaylaştırıcı rolünü yapmadıkça, vicdanı gerçekten rahatlamayacaktır.

Kadın konuşuyor, bağırıyor, ağlıyorsa hâlâ ümidi vardır, hem seviyor hem de kızıyordur. Ne zaman sessizliğe gömülürse, işte o zaman gitmiştir. Uzaktan seni izler, ama özlediğinden değil. Bir damla yaş akıtır o da sana değil, çünkü kadın o sessizlikte neden bu kadar sevdim çığlığı atıyordur.

Güçlülük ve Sevgi

Sözler artık söylenemiyorsa, gözyaşları içeri doğru akmaya başladıysa, her şey hiç ummadığın bir anda bitmiş gibi görünüyorsa; uzun süredir zihnini karmakarışık meşguliyetlerle geçirmiş ve bu meşguliyeti çevrimiçine dönmüş bir kadın vardır karşında.

Kadın gerçekten sevdi mi, düşünemeyeceğin bir cesaretle davranmaya başlar. Annelik kavramına yakışır bir şekilde doldurur tüm boşlukları. Doğurganlık özelliği kadına öyle güç katmaktadır ki; beklemediğin bir zamanda çıkar gözü kara korumacılığı.

Kadının yarısı çocuk, yarısı ise annedir. Kadın ve erkek ilişkileri kapsamında ise kızmaları, bağırmaları çocuk yönünü; şefkati, merhameti ve olgunluğu ise annelik yönünü temsil eder. Ne zaman ki bu iki duyguyu karşısındaki insan sömürmeye başlar ve kullanır, işte o zaman kadın da fark etmeye ve de o anda sabretmeye başlar. Bu sabır tükendiği anda ise, bir daha geri dönüşü olmayan yollara girilir.

Kadın unutmaz, affedemez ancak affedemediği kendisidir. Asaletiyle kalbine taş bassa bile göstermez, göstermek istemez. İçine doğru ağlamaya ve gözyaşlarını akıtmaya devam ederken, sadece gözlerinde bir buğu görürsün aynı zamanda da yüzünde bir tebessüm.

Ömrümüz korku mahallesinin
umut sokaklarında mutluluk
apartmanını aramakla geçiyor.
Evden eve taşınıp geçmişle
geleceğe komşu oluyoruz.
İnan dostum, senin çıktığın
eve eninde sonunda ben
taşınıyorum. Sonuçta hepimiz
aynı kaderin misafirleriyiz.

Bulma Ümidi

Yan yanayız ancak uzakta olduğumuzu ve hiç buluşamayacağımızı zannederiz her zaman. Hiç tanımadığım bir insan belki de şu an benim hayatımla ilgili çok önemli bir adım atıyordur ama ikimiz de bilmiyoruzdur.

Hepimiz doğuştan itibaren aynı yolun yolcularıyız, yavaşça doğuyor ve ölüme doğru hızlıca koşuyoruz. Bizleri farklılaştıran ise aradaki hayatta, yani dünyada neler yaptığımız; yani irademiz ve kararlarımız.

Herkes aynı şeyi arıyor ve bulmaya çalışıyor aslında. Gittiğimiz yollar farklı olsa bile, kimi bir adım sonra kimi ise son nefesinden bir nefes önce buluyor, belki de hiç bulamıyor. O sebeple, derler ki herkes bulamaz ancak bulanlar sadece arayanlardır.

Neyi aradığımızı ve nasıl bulabileceğimizi hakikatler perspektifinden soramadığımızda, insanoğlu kendine bir hayal dünyası oluşturup orada yaşamaya çalışıyor. Buldu sanıyor kendini, ancak içindeki boşluğun nasıl dolacağını bir türlü anlamlandıramıyor. O boşluk ise bilinmemezlik ve umutsuzluk kuyusu olup karanlık gölgelerimizi yutmaya başlıyor, korkularımız ise bizlerde kalmaya devam ediyor.

İnsanları ait olmadıkları yere
koyduğun için sana sorun çıkarırlar.
Fazladan verdiğin değer yüzünden,
zamanla senin değerini düşürürler.
Her insanın tekâmül seviyesi
farklıdır. Her insan var olduğu
için sevilir, yaptıklarından dolayı
değil. ALLAH yarattığı için sev,
ama bazıları şeytanla anlaşmıştır,
DİKKAT ET!

İletişimsel Farklılık

İletişimsel açıdan çokça kelimelere sahip olursak, o kadar çok farklı insana hitap etme şansımız artar. Nasıl ki küçük bir çocukla yürüdüğümüzde, ona göre adımlarımızı ayarlayıp küçültüyorsak, aynı şekilde karşımızdaki insanın algıma kapasitesi ve farkındalık düzeyine göre de iletişimimizi farklı kılmamız gerekecektir.

Çoğu zaman, karşımızdaki insanların hepsi aynıymış gibi bir kategoriye alıp, karşımızdaki insanlara öyle davranmaya başlarız. Sanki elimizde her kapıyı açacak paket bir program var da onu hemen karşımıza yükleyip başarılı sonuçlar alacağımızı zannederiz.

Oysaki her insanın bir gelişme zamanı ve bu gelişme isteğini ihtiyaç gibi hissedip duyması ihtiyacı vardır. Bir kişinin taşıyabileceğinden çok fazla yük taşıması istendiğinde, sakatlıklar meydana geliyorsa, ruhsal olarak da karşımızdakine fazla sorumluluk verdiğimizde, ona hem haksızlık yapılmış olur, hem de gereğini yapmadığını düşünür ve ileride yapabileceklerinden de soğumaya başlar.

Derdin varsa başkasına yardım etmekle başla güne. Onun teşekkürüyle yarattığı enerji senin iyi olman için edilen duaya dönüşür. Her isteğinde, her hedefinde başka insanların da mutluluğu olsun, çünkü hatırlanmak isteriz ya hepimiz, bu yüzden birbirimiz olmalı derdimiz. Hadi uyan, hadi düşün bakalım, bugün kime yardımla başlayalım?

Ahlaki Sorumluluk

İnsanın doğasında başkasına yardım etme meyili ve kendini gerçekleştirme isteği vardır. Düşünün ki bir öğrenci kendi dersine kolayca çalışamaz, ancak başkasına ders anlatmak için daha iyi hazırlanır ve ondan sonra anlatır, yani daha iyi ders çalışır ve öncelikle kendisi öğrenir.

Aslında yardım etmek başka bir insanın yarasına merhem olmaya çalışmaktır. Bu merhem öncelikle bizi iyileştirir. Bizlere uğramadan güzel kokusu başka kişilere ulaşmaz. Bize katkısı olsa bile; eğer amaç kendimizin mutlu olması ve huzur bulması ise ve bu düşünceyle yapıyorsak, gerçek sıkıntı orada başlar ve ibreler yine egomuza döner.

Niyet her zaman devreye girer yaptıklarımızda, önemli olan bir başkasının görmesi değil, bir başkasının duyması değil, kimsenin takdir etmesi de değildir. Önemli olan Yunus Emre'nin bizlere ışık tuttuğu sözü; yaratılanı, Yaradan için sevmek gerçek düsturdur.

Yaratılana özen gösterebilmektir, emanet duygusuyla bakabilmektir, çünkü ahlakın en üst mertebesi budur ki nefsimden daha ön plana almaktır karşımdaki insanı. Ben herkes dahil bir parça da senden sorumluyum diyebilmek, elimden geldiği kadarıyla.

Kimse negatif duygudan ölmez, yıllarca bu duygularla yaşayabilir, çünkü fark etmez. Ama herkes pozitif duyguları kullanamadığı için hastalanır. Ne zaman daralırsan sor kendine; hangi güzel duyguyu yaşayamıyorum diye? İnsanın fıtratında pozitif duygular vardır ve insanı kötü duygular değil, iyi duyguların kullanılmaması yıpratır. Sevgiyi, şefkati, vicdanı, hoşgörüyü, ümidi, saygıyı harcamalısın. Yoksa hep korku kazanırsın.

Emanet ve Teslim Etmek

Nasıl ki bu hayat ve içindekiler insana emanet ise, verilen duygular da ona aynı şekilde yararlı kullanması için birer emanettir. Bu duyguların gerektiği yerde, gerektiği şekilde kullanılmaması ise insanı tam tersine zarar içinde eritmeye başlar. İnsanın en önemli görevi bu duyguları tanımaya çalışmak olmalıdır.

İnsan bu duyguları tanıma sürecini; yaşadıkları ve ders çıkardıkları orantısında görmeye başlar. Bu duygularla yüzleşmesi kişiye ilk başlarda acı ve hüzün verse de; zamanla alışacaktır ve memnun olacaktır. Bu memnuniyet ölçüsünde artık duyguları ona yabancı değil, rehberlik edeceği kazanımlar olmuştur.

Nasıl ki ilk defa araba koltuğuna oturan birisi acemilik ve tedirginlik yaşıyorsa; insan da ilk defa yaşadığı sorunlar karşısında aynı tepkileri verecektir. Ancak burada önemli olan o tepkilerinin derecesidir. İnsan ruh haliyle onu kıvamında da koruyabilir veya onun artmasına, boşu boşuna kendini yormasına da neden olabilir.

İnsanın akıl ve kalp dengesini kurmaya başlaması için bir adım atması gerekir. Duygularını aklıyla realize etmeye başladığında ve tecrübelerini de işin için kattığında; hangi duyguları nerede kullanması gerektiğini de öğrenir.

Her sözünle, her hareketinle
bir tohum ekersin yaşama.
İstikrarınla sular, samimiyetinle
güneş olursun yaptıklarına.
Hemen değil, zamanla çiçek açar
tohumların. Onları da başkasının
kalbinden toplarsın. Zaten dikeni
çok dünyanın. Dert eline batsa da,
çiçekler unuttursun acını. Şimdi
ekelim iyilik tohumlarımızı belki
birbirimizin çiçeklerini toplarız.

İyilik Yolları

İnsanın görevi sadece yapmak, yolu iyilik, kalbinde safi niyeti ve ellerinde yapabilecekleri. Sürekli olarak da bu yolda olmaya çalışmaktır, çünkü göz nasıl ki en iyiyi görmek isterse, kulak en iyiyi duymak isterse, kalp de en iyiyi sevmek ister. Ruhumuz da sadece iyilik yollarında koşmakla huzura erer ve ne kadar hızlanırsa o kadar dinlenir.

Doğruya yanlışla gidilmesi mümkün değildir özü itibariyle. Amacınız ne kadar doğru ve yüksek ise, bu amaca zarar vererek gidiyor isek, bu noktada durup problemi bulmamız gerekmektedir. Nefsimizi bizim üzerimize binmiş bir şekilde, bizleri istediği yöne yönlendiriyorsa; terbiye olmamış yanlarımız var demektir.

Sürekli iyilik ile ölüm arasında sıkı bir bağ vardır ve bu ip her ilmekte kalınlaşmaktadır. Eğer son günümüz olduğunu düşünürsek bu dünya hayatında; bu yaptıklarımızın hangilerini yapardık?

Sürekli olarak ertelediğimiz hangi ümitlerimizi gerçekleştirmek isterdik? Durmadan iyilik bahçelerinden çiçekler toplayıp insanlara mı dağıtırdık, yoksa hâlâ dikenleriyle mi uğraşırdık?

Peki, nereden biliyoruz ki bugün son günümüzün olmadığını?

Ellerinle kopar ekmeği bu sabah kahvaltıda, çay bardağından ses gelsin karıştırırken, bandır ellerinle yumurtaya, salçaya. Kaldır arada bir kafanı, masadakilerle konuş, gülüş. Kızartma kokusu yayılsın ortalığa. Kapayın televizyonu, birbirinizi izleyin. Arada reklam verin de bir bardak çay doldurun demlikten. Eylülün son pazarı bu, hakkını verin, gerçekten.

Doymadan Sofradan Kalkmak

Uzun zamandır görüşmeyen ve birbirimizden habersiz insanlar gibiyiz aynı evde yaşasak bile. Gerçekten isteklerimiz nedir ve neler bizi şu anda üzüyor. Bu konularda ne bir bilgimiz var ne de bir düşüncemiz. Sormak bile aklımıza gelmiyor çoğu zaman veya ertelediğimiz işler dolabına kaldırıyoruz bir daha çıkarmamak üzere.

Durup dururken ne zaman söyledik veya duyduk sadece var olduğumuz için sevdiğimizi ve sevildiğimizi. Dillerimize kilitler üzerine kilit vurmuşuz. Söyleyemiyoruz.

Gittikçe uzaklaştırıyor bizi; çok isteyip de birlikte aldığımız evimizde sürekli gözümüzün önünde bulunan bize ait olanlar. Bir süreden sonra bizim onlara ait olmaya başladığımız eşyalar. Kullanırken farkında olmadan istedikleri gibi kullanıldıklarımız.

Her zaman aceleyle bir yere yetişmeye çalışıyoruz. Apar topar atıştırmalıklarla kalbimizi değil sadece midemizi besliyoruz.

Hayatın gerçek anlamından çıkıyoruz. Kafamızda bizi meşgul eden hep düşünceler zinciri var. En yakınlarımızla geçirdiğimiz zamanlar artık boşa geçiyor gibi geliyor. Gerçek sevgiyi ve paylaşmayı göstermekten uzak artık konuştuklarımız.

Mevki, makam, para pul bunlara sahip olmak için geçiriyoruz zamanlarımızı. En yakınımızdan uzaklaşmadan da olamaz mı diye sorunca, iki tarafı da dengeleyemiyoruz. Seçimlerimiz hep kısa vadeli mutluluklar oluyor yine. O değil, gösterebileceğimiz birisi değil bu duyduklarımız, benim, sensin, biziz. Yakın olup da o kadar uzaktayız.

Ne korkutur insanı, uyanmaya izin çıkmışken? Ne yorar bugün seni, sen sonuca adanmışken? Dününe bakıp bugüne değer biçsen de, yarından etkilenip bugününe yatırım yap. Her şeyi ilk defa sabredecekmiş gibi düşün. Sanki ilk defa gülecek, ilk defa mücadele edecek, ilk defa sabredecekmiş gibi. Hadi çık yola. Her şeyi biliyormuş ama ilk defa yürüyormuş gibi...

Farklılık ve Farkındalık

Her yeni gün yeni bir başlangıç, bir saniye önceki ben ile bir saniye sonraki ben arasında bile o kadar büyük fark var ki. Ne zaman bu farkı kapatmaya çalışsam olmuyor.

Yapmamız gereken, her ana tekrar tekrar uyum sağlamaya çalışmak, geçmişe saplanmak ve geleceği sürekli düşünmek yerine, ayağa kalkıp bir ayağımızı gelecekten veya geçmişin tozlu anlarından çekmeliyiz artık.

Her anı kaybettikçe tekrar hayıflanırız, artık o da yeni bir keşke oluşturmuştur bizim için, yeniliklere açılamayız bir türlü, eskinin değişmesi ve sürekli yenilenme düşüncesi yorar bizi.

Yine ve her şeye rağmen yeniden dediğimizde, güçlenmeye başlarız.

Bizler sabır kuvvetimizi geçmişe ve geleceğe gönderdiğimizde, gün içerisinde yaşadıklarımıza bir şey kalmıyor; oysaki içimizdeki duyguları yerli yerinde kullanabilirsek, mutluluğa açılan kapının içerisinden girmemiz an meselesi.

Dedikodu yaparsın.
Takdir etmeyi bilmezsin.
İnsanları kırar, sevdiklerinle
ilgilenmezsin. Tek hobin
kafede buluşmaktır, ne kitap
okur ne de ilim öğrenirsin,
ama iki rüya görürsün, çıkar.
İki sadaka verirsin azıcık sonra
dersin ki KALBİM TEMİZ...

Akıl ve Çıkış Yolu

Yaşadıklarımız sadece duygularımızın ve gördüklerimizin yönlendirmesinden ibaret olursa, hayatı anlama noktasında gerçekler ile pekişmediğinden uzun vadeli olmayacaktır.

İnsana verilen en önemli özellik aklının olması ve bunu kullanabilmesi için ona yetki verilmesi. Ne zaman ki insan aklını kendisine lazım olmayacak şeylerle doldurur ve doğru bir bilgi beslemesi yapamaz, işte o zaman aklı onu istediği yere yönlendirir ve nefisten beslenen kötülüklere sevk eder. Yani elmas olma fırsatı varken, kendini kömür olarak yeterli görür.

İnsanın içinden gelse de gelmese de yapması zorunlu olan şeyler vardır, nefes almayı istemese bile beden yapmak zorundadır ki yaşasın, yemek yemek zorundadır ki hayatına sağlıklı bir şekilde devam edebilsin, bunun gibi de ruhsal olarak yapması gerekenler vardır ki gerçek huzura ulaşabilsin.

Her ruh; her an Allah'a kavuşmak ister. Allah'ın istediklerini yaptığı ve istemediklerini yapmadığı ölçüde; gerçek huzurun ve özgürlüğün tadını o zaman alır.

Ben görmedim kızım
görsün, ben yapamadım
oğlum yapsın diyen
anne babalar. Kızınızın
gördüğü, oğlunuzun yaptığı
ortada. Kendi geçmişinizi
evlatlarınızda düzeltmeyin.
Sizin yaşamadıklarınızı
yaşayarak mutlu olmalarını
beklemeyin.

En Yakınımız

İnsanların doğru yolları bulup kendilerini evrensel doğrularla geliştirmesini isterken, farkında olmadan biz en yakınlarımızı bu duygulardan mahrum bırakırız.

Yakınlarımız dediklerimize her şeyi yapabilme gücü bulmam ve kendimde bunu hak bulmam narsist bir bakış açısıdır. Çoğu zaman bu duyguların kurbanı oluruz. Davranışlarımızı böyle yansıttığımızda doğru olabileceğini; bu şekilde hepimiz için iyilik kanallarının açılacağını düşünürüz.

Amaç doğru olsa da, yöntem yanlış olunca; en fazla merhamete ve rehberlik etmemiz gereken yakınlarımızı kendimizden uzaklaştırmaya başlıyoruz.

Başka insanlara gösterdiğim anlayış ve toleransı kendi çocuklarımıza gösterememeye başlıyoruz. Çocuklar ailelerden farklı bir düşünce içinde olsa da, bu gayet doğal bir durumdur. Çünkü her insan bu dünya için biricik ve özeldir.

Karnesi zayıf gelse de, hatalar yapsa da, elinden çoğu iş gelmese de, ne zaman ki sadece var olduğu için ve emanet duygusuyla sevildiğini hisseder, işte o zaman hem ahlaki hem de ruhsal gelişimini daha kolay tamamlar. Sürekli olarak rekabet içerisinde yetiştirilen bir çocuk ileriki dönemlerde haset, kin, kıskançlık duygularını daha fazla yaşamaya başlar. İlk olarak bu duygularını yansıtacağı kişide en yakınları, yani ailesi olacaktır. Çok geç anlasa da iki taraf yine uzaktan yaşamaya devam edecektir.

Belki de bayramlar, soframızdan artanı, kalbimizde kalanı, dilimizden çıkanı paylaşmak içindir. Elinin, dilinin, kalbinin sadakasını vermek içindir. Verdiğin sadaka ileride karşına çıkacak fırsatların nedenleri olacaktır. Sen bu 4 gün, veren el ol arkadaş. Kalan 361 gün almaya çok zamanın olacak zaten.

Eski Bayramlar ve Bugünümüz

Özel günler her zaman bizlerde farklı duygular uyandırmıştı olduk olası. Adı üzerindedir aynı takvim yaprağını bir daha kopartmanın verdiği bir duygudur bu. Unutmadıklarımız arasında şekillenir ilk bayram harçlığımız. Bize alınan başucumuzda birlikte uyuduğumuz ayakkabılarımız ve elbiselerimiz.

Günümüzde ise bizler artık bayramları bir tatil ve birbirimizden uzaklaşma olarak görüyoruz. Bizler bu duyguları ailemiz ile yakınlaşma fırsatı olarak göremediğimizde; anlamını yitirmeye başlıyoruz. Çocuklarımıza yanlış bir geleceğin kültürel mirasını bırakmış oluyoruz.

Artık daha sık duymaya başladık: "Nerede o eski bayramlar," cümlesini. Maalesef ki eski kavramını kullanarak yeni bir anlayışı geliştirmişiz. Bu yeni kavramıyla birlikte eskiyi silme ve yaşayamama adına elimizden geleni yapsak bile geleneklerimiz ve bilinçaltımıza işlenmiş güzellikler bizlere hep o samimi günlere dönmeyi bir borç olarak gösterir.

Gece uyumadan önce bayramın ilk gününün hayalini kurarsın. Uyanınca hep bir arada olursun, tanısan da tanımasan da insanlarla bayramlaşırsın ve egonun seni büyüklenici gösteren taraflarından kurtulursun. Belini büküp; el öper alnına koyarsın. Saygınlığını daha da fazla arttırırken büyüklerimizin; onların bizlere sunduğu tertemiz merhamet ve şefkati bir daha iliklerine kadar hissedersin ve ruhunu kötülüklerden arındırırsın.

Merhametsiz babanın kızı, ilgisiz adamın bacısı, sevgisiz kocanın karısı, hayırsız evladın anası ağlar. Hepsinin tebessümü bir samimiyete bakar. Bu kadar az duyguyu kullanamayacaksan ey Âdemoğlu, yaşaman neye yarar?

Rol Model ve Örnek İnsan

İçimizde olan ve bize doğuştan verilen tüm duyguların hep bir anlamı vardır. Hiçbirisi gereksiz değildir ve insana yük yüklemez. Bu duyguları bizler yönetemediğimizde o duygular bizi yönetmeye başlar ki sıkıntılar orada baş vermeye başlar, çünkü yanlış bir şekil ve yerde duygularımızı kullandığımızda, olumsuz sonuçların ortaya çıkması kaçınılmazdır.

Sürekli olarak aldatmaya çalışır nefsimizi dinleyen duygularımız. Devreye girer olmadık zamanlarda ve bize der ki usulca, "Senin zaten huyun böyle, bu saatten sonra değişebilir misin?" ve tüm olumsuzlukları kendi üzerine almaz. Ancak ne zaman ki iyi bir sonuca vesile olur, işte o zaman hemen sahiplenmeye başlar ve kendisine yer edinmeye çalışır.

Önemli olan ise bu duyguların kaynağını oluşturduğu düşüncelerin farkına vardıktan sonra; bilinçli bir çaba ve sistematik düşünce ile bu duyguların eğitimine kafa yormaya ihtiyacımız vardır.

İki seçenek vardır her zaman; ya biz o duyguları yöneteceğiz ya da o duygular bizi yönetecektir. İkinci düşünce ve uygulamalar zaten şu an çevremizde çok fazlayken kendimizde bir farklılık yapmaya ihtiyaç yok mu dersiniz? Evet var, çünkü senin dışında birçok insanın senin değişmene, rol model olmana ihtiyacı vardır belki de.

Önce kalbimizi
kaybederiz, sonra
aklımızla aramaya
başlarız. Aklımız söz
verir seni bir daha
bırakmayacağım diye.
Sözünü tutabilene
helal olsun.

Yükseklerden Yukarıya

Zamanımızda duyguların yitirilmesini yaşıyoruz ve hissizleştiriliyoruz. Bu duygularımızı tekrar harekete geçirmek için kalbimizi onarmak yerine aklımızı ön plana çıkarırız.

Ancak kalpten beslenemeyen bir akıl kendisini uyutmanın pençesine ve hazların odağına koyacaktır. Yanlış yolların kaldırımları üzerinde gezinecektir sürekli. Yalpalaya yalpalaya yoluna devam etmeye çalışacaktır ama tıkanacaktır bir yerde.

Aklın aslında en önemli görevi kalbin ve ruhun ihtiyaçları nelerdir ve bu yollara nasıl gidilir sorusunu sormaktır. Bu soruları sorduktan sonra ise, kalbini ve ruhunu güzel olan tüm duygular ile beslemelidir.

Akıl ve kalp, ikisi de kuşun birer kanadı gibidir, biri olmadan sadece tek kanatla uçulamaz.

Vicdanı rahatsa insanın ve buna
rağmen haksızlığa uğruyorsa,
gelecek güzel şeyler için ön
bedel ödüyordur, çünkü Allah,
bazen kuluna emanet edeceği
güzelliklerin ya başına ya da sonuna
zorluk koyar. İki yolun da amacı,
eline gelenin kıymetini bilmendir.
Sen acıdayken dikkat et, Rabbini
unutup kuluna mı kaldın? Kula
sabredip Rabbine mi?

Nefis ve Mücadele

İnsanlar sürekli olarak birbirine farklı zorluklar yaşatmaya çalışır. Bunu çoğu zaman ise kendi nefislerini temize çıkarmak için yaparlar.

Nefislerin devreye girdiği andan itibaren ne gerçek bir samimiyetten bahsedilir, ne de uzun vadeli güven ilişkilerinden.

İnsan karşısındaki insanı kim olursa olsun, Allah için seviyor, davranışların hakkını vererek ve içindeki tüm güzellikleri yansıtabiliyorsa; işte o zaman huzurlu bir hayata kavuşacaktır onunla. Aynı güven duygularını soluyacaktır.

Her zaman iyi şeylere sahip olmak isteriz. Günümüzde ise bu güzelliklere sahip olmak isterken, bedel ödemek istemeyiz. Acı çekeceğimizi düşünerek uzaklaşmaya başladıkça kaybedenler safına girmiş oluruz. Bu kötü gibi görünen tecrübelerin bizleri olumsuza sürüklediğini düşünürüz.

Bizlere emanet olarak verilen veya verilecek olan şeyler ile ilgili ne kadar çok sıkıntı çekersek ve uykularımız kaçarsa, o kadar çok sahipleniriz. Bunun ölçüsünde de hem sınırlarımızı tanımış olur, elimizdekileri geliştirmeyle meşgul oluruz ve kendimize göre başarı merdivenlerimizi tırmanırız.

Takip edeni takip ederim, beni fark edin çığlığıdır. Seni tanımayanın seni fark etmesine ihtiyacın yok. Sen kendini takipten çıkarma yeter. Gerçek hayatta var olma çaban azaldıkça, sanal ortamda *follow* ihtiyacı artıyor. Dikkat edin, biri sizi gözetliyor.

Asosyalleşme

Kendi içinde kendini tanımlayamamış bir insan ilk önce başkalarının gözlerinde kendini tamamlamaya çalışır, bu tamamlanma için ise elinden gelen her şeyi yapmaya hazırdır.

Çünkü kendisini daha tam tanımadan kendisini nasıl tanıtacağını da bilemez, sürekli olarak hatasız biri gibi görünmeye çalışır, fakat bunu başarması mümkun değildir.

Sanal ortamlar ise bu şekilde kendisiyle yüzleşmeyen ve bu duygudan sürekli kaçan insanlar için biçilmiş kaftandır.

Ne zaman ki beğenilme ihtiyacı duyar, işte o zaman bir fotoğraf koyarak onun üzerinden bu duyguyu yaşamaya çalışır. Gece gündüz bakar kim beğenmiş diye, her açtığında zanneder ki fotoğrafını beğenen insan sürekli onu düşünüyor ve onu beğeniyor. 24 saat içerisinde ne zaman bu duyguyu yaşamak istese, fotoğrafını açıp bakmasının kendisine yeterli olacağını düşünür.

Ya yarası önceden açılır,
iyileşince gelir ödülü ya
da ödül gelmeye yakın
gelir cefası. Bazen de
sonuna saklanır bedeli.
Ama gelir, yine de
gelir. Her şekilde gelir.
Eninde sonunda gelir...

İhtiyaçlarımızın Karşılanması

Bizler sonuçların nasıl olacağı ile değil süreçlerin kalitesinden sorumluyuz. Bu süreç içerisinde ise sebepler bizlerin elinde değil. Hayatta insanın ihtiyacı olan her şey vardır. İnsan sadece var olan güzelliği ortaya çıkarmaktan mesuldür.

Güzellik sahasına girdikçe derinlerde saklı olana ulaşmaya çalışmak, üst düzey gelişim mertebesine doğru ulaştırırken insanı; inmeye çalışırken döktüğü gözyaşları ve terler ona tam tersi mutluluk verir ve onu serinletir.

Allah isterse el getirir, yel getirir, sel getirir. Kişi yeter ki buna yürekten inansın ve nereden geldiğini düşünsün. Sadece vesile olduğunun farkına varsın ki, yani şükretsin ki artsın güzellikler.

Kendinden bilmeye başlar, nefsini hesaba katmaya çalışırsa, bilsin ki Allah eğer ki istemez ise el götürür, sel götürür, yel götürür. Yeter ki beklentimiz insandan olmasın, yoksa hayal kırıklarımız artıyor.

Kötülüklerin çokluğu
iyi insanların
tembelleşmesinden
kaynaklanır. Kimse, "Ne
kadar çok kötü insan
var?" demesin. Ben
ne kadar iyiyim, onu
düşünsün.

İyilik Meydanı

Zaman hiçbir an boşlukları affetmiyor ve sürekli olarak dolduruyor. Hiç gitmeyecekmiş gibi, hiç bitmeyecekmiş gibi davranmak aslında hızlandırıyor gitmeleri.

Hiç sonu gelmeyecek gibi davranmak insanı tembelleşmeye sevk ediyor. Nasıl ki bir kitapçıya girdiğinizde tüm kitapları okuma fırsatınız yoksa hayatınız boyunca, sonucunda hiçbir kitaba elimizi sürmemeye başlıyoruz.

Eğer ki insan hiç durmadan başka insanların hayatlarını kolaylaştırma peşinde koşuyorsa; kaçınılmaz olarak takılmalara, sürçmelere maruz kalacaktır. Çoğu zaman en yakınları tarafından anlaşılamayacaktır. En uzağı olmaya başlayacaklardır kimi zaman. Sürekli iyileştiririrken durumunu, imtihanları da aynı ölçüde büyümeye devam edecektir. İmtihanların sonucunda yıkılmayıp devam etmek için çaba sarf ediyorsan, sana da hiç ummadığın bir anda, düşündüğünden daha farklı ve güzel şekilde alanlar açılabilir.

Sana artık daha fazla sorumluluk verilmeye başlandığında, bir gün önceki durumundan daha iyiye götüremiyorsan meşguliyetlerini, ruhsal sorunlarla baş başa kalırsın. Yoklukla sınandın, elinden geleni yaptın ve yürüdün daha kararlı bir şekilde. Şu an ise varlık içerisinde sınanman başladı, acaba esiri mi olacaksın sana verilenlerin, yoksa elinin tersiyle itebilecek misin egonun okşanmasını?

Nasıl ki kalp atış cihazında bir aşağı bir yukarıdaysa ve kalbin yaşadığını gösteriyorsa, aynen onun gibi senin bir yıkılıp bir ayağa kalkman da doğru yolda olduğunu gösterir. Eğer ki tamamen yıkıldıysan, kalkmak için uğraş, kalktıysan yıkılmamak için.

Bazı insanlara isteseniz
de yardım edemezsiniz.
Artık dilinizden dökülen de,
gözünüzdeki samimiyet
de batar. O, sana doğru
koşuyordur. Bırakın düşsün
kendi uçurumundan, çünkü
onlar sadece dibe vurduğu
zaman başlarını kaldırırlar,
ışığı görmek için. Bırakın İlahi
adalet yardım etsin.

Zaman ve Algılama

Öğüt yolu kapanmış derler eskiden beri, artık bir şeyler dinlemek fazlalık gibi gelmeye başlar.

Ne kadar anlatırsan anlat vazgeçmez, sadece doğru bildiğini okur ve bildiği doğruları yenilemeden sürekli aynı çerçeveden hayata bakar.

Değişmek istemez de, çünkü korkuları vardır, yuzleşmedikçe daha kök salar derinlere. Sarmaya başlamıştır sarmaşık gibi zihnini, bedenini, her hareketini.

İnsan başına gelmeden anlamaz, anlayamaz, anlamak istemez. Başkalarının tecrübelerini alıp hayatına yansıtmayı gereksiz sayar.

Bir musibet bin nasihattan iyidir, kimi dinleyerek, kimi okuyarak, kimi başkalarının tecrübeleriyle kendini düzeltmeye çalışır, kimi ise düşmeden ve kaybetmeden elindekilerin değerini anlamaz, bin kere anlatırsın ama bir kere yaşadığı daha etkilidir bazen.

Belki bir gün daha eksildi zannediyorsun. Belki de her şey için yeni bir güne gidiyorsun. İkisinde de haklısın. Ama ne yap, ne et bugüne benzemesin yarının. İnsanız işte aynı kaldıkça eskir, değiştikçe yenileniriz. Her nefeste ölen ve dirilen insan. En büyük mucizesin sen. Sen bensin, ben de sen, çünkü biriz, beraberiz.

Anların Biricikliği

Her an tekrar olmuyor gözümüzün önünde. Bir saniye önceki ben ile sonraki ben arasında o kadar çok fark oluşuyor ki, geçmiş ve gelecek düşüncelerimde, hayallerimde...

Bizler sürekli olarak hayatı hareketliymiş gibi görürüz. Nasıl ki sinema izlerken fotoğraflar arka arkaya hızlı bir şekilde sıralı olarak gösterildiğinde göz onu hareketli gibi algılar, dunya hayatı da böyledir. Her an farklı bir karedir ve sürekli olarak çok küçük zaman dilimlerinde yaratılır. Tekrarlanmasını çok istesen bile artık aynı kareye dönemezsin.

İnsan düşüncesel olarak geçmişe saplanıp kaldıkça; oluşabilecek güzel kareleri de sürekli olarak görmezlikten gelmeye çalışır.

Oysaki her ana tekrardan boyalar vurulur en güzel renklerle, tekrardan duygular eklenir en derin düşüncelerle, daha farklı gülümsemeler eklenir benzersiz mutluluklara.

Yeter ki insan esnek olmayı başarabilsin ve sürekli bu günümü diğer günlerimden daha güzel nasıl yapabilirim endişesinde olsun. Hiçbir şey kalıcı değil hayatta, biz sürekli zihnimizde tutmaya çalıştıkça, elimizden yitip gidiyor dakikalar biz elimizde tutmaya çalıştıkça. Seçim senin, güzelleştirmek mi, sabit kalıp acı çekmek mi?

Dünyayı sadece anlamaya çalış.
İçinde sorduğun sorular da
cevaplar da seni tatmin etmez.
Nedenini anlamadan yaşarsan,
sorduğun her soru aldığın her
cevap yanlıştır. Ya manasını
çözer derinlere inersin ya da
yüzeyinde soru cevap oynarsın.
Derine indikçe az ama öz insanla,
yüzeyde durdukça kalabalık ama
boş insanla yaşarsın. Asıl soru:
Neden buradasın?

Anlam ve Hayat

Ünlü yazar Goethe der ki, "Hayatın başını ve sonunu anlamlandıramadan ortasını anlamlandıramazsınız."

İnsan eğer ki nereden geldiğini ve nereye gittiğini kendisine sormuyorsa orta tarafta; dünya hayatında sallanan bir yaprak misali rüzgârın kendini nereye götüreceğini bekliyordur.

Varoluşsal olarak kişi kendini ve içinde bulunduğu sistem ile ilgili akıl yürütmüyorsa; işte o zaman sürekli olarak sanal ve yapay hayatlar üzerinden kendini konumlandırmaya başlıyor. Sahici olamayan ve kısa vadeli nefsani duygulara hitap eden konumlandırma ise her zaman bir hayal kırıklığı ve bunun sonucunda boşluk duygusunu daha derinden hissetmesine neden oluyor.

İnsanın kendini keşfetmeye başlaması ve kalbinin ince ayrıntılarını görmeye başlaması, aslında yaşadığı dünyayı keşfetmesi gibidir. Çünkü insan dünyanın özüdür, yani insan dünyanın küçültülmüş halidir. En büyük ve en küçük âlemlerde ne var ise bir parçasını barındırıyor, etkilenen ve etkileyen konumunu aynı zamanda yaşıyor.

Farkında olmadan insan kendisini boş meşguliyetler ile oyalıyor ki, içerisinden gelen ve sürekli sinyal veren keşfetme isteğini bastırabileceğini düşünüyor. Ne kadar çok bu adımları tersine atmaya başlar ise, o kadar farklı ruhsal hastalıklar meydana çıkmış olur.

Ne zaman ki bu yola çıkar, işte o zaman sonu olmayan bir kuyuya iner gibi heyecanlı ama daha büyük ve aydınlık bir yer bulabilme düşüncesiyle umutlanır.

Topla bakalım bugün duyduğun cümleleri. Aklına getirsene bugün konuştuklarını. Ne kadarı faydalı, ne kadarı boşa? Bilir misin duydukların ve söylediklerin zamanla kaderin olur. O yüzden az olsa da öz konuş. Faydası olmayacak insanı da dinlemek için karşına alma. Şimdi bir düşün ve sonra uyu. Yarın kiminle ne için sohbet edeceksin?

Kelimeler ve Sınırlar

Yüz yüze gelmenin ve gönülden paylaşımların tadına artık son zamanlarda varamaz olduk. Sanal olan iletişimle yetinme çabamız fazlalaştıkça, gerçek olana ihtiyacımız da gitgide artıyor.

Sürekli beğenilme arzusu ve başkalarının hayatlarından haberdar olma isteğimiz bizleri birbirimize yakınlaşıyor gibi gösterse de, aslında uzaklaştırıyor.

Farkında değiliz o an, başında olduğumuz aletler ile aynı anda farklı yerlerde olabilmenin hazzını yaşamaya çalışıyoruz. Yani bedenim tek başına ve yanında kimse yok; ruhum her yerde ve her şeyden haberdar.

Bakıyorsunuz ki insan kendisinin bir yanılgı içerisinde olduğunu anlıyor, saatler geçmiş ama elle tutulur hiçbir değişiklik yok hayatında.

Ne kadar yakın olursak olalım yüz yüze gelmeden, birbirimizin yüz çizgilerinden hayatı görmeden; gülümsemesinin sıcaklığını hissetmeden diğer tüm iletişim araçları bizleri sadece hoş vakit geçirten ancak gerçekçi ilişkiler kurmayı engelleyen bir durumda bırakıyorlar.

Çok işim var deyip kimleri yalnız bırakıyoruz? Vaktim yok deyip kimlerden uzaklaşıyoruz? Bir düşün sadece ve unutma, "İhmal ettiğimiz yerden sınanacağız." İşler iyi giderken evinde, para kazanırken çevrende, gereksiz insanlarla gezerken, işinde problem çıkıyorsa. Sınav başlamıştır. Egon sorun yok der ama sen kalbini dinle. İhmal ettiklerin yavaş yavaş hastalanır.

Telaşe

Sürekli olarak bir yere yetişme telaşındayız. İşkoliklik, çağımızın yeni modası. Bu hastalık farkında olmadan kişiye dünyanın en önemli işini sen yapıyorsun mesajını empoze ediyor. Sevdiklerine zaman ayırmayı, bir yardım projesinde yer alıp insanlar için faydalı olmayı boş işler rehberine yazıyor. Önemli işlerini sürekli önceliyor. Beklentisiz ve yararlı işler yapmadığı zaman hemen bahanelere sarılıyor, ne de olsa mevki, makam, şöhret için bunca senemi vermedim mi diye kendisini kandırıyor.

İnsan ortalama 18 yaşına kadar ve sonrasında öğrenim durumuna göre, sürekli olarak başarı merdivenlerini hiç sıkıntısız tırmanmanın yollarını aramakla geçiriyor. Çoğu zaman başarının tanımını kendine, sahip olmak ve ne olursa olsun en yukarıda olmak olarak yapıp içselleştiriyor.

İçlerimizi doldurmak yerine dışımızı güzelleştirmenin peşine düşüyoruz. Bu daha çok sığlığımızı ve bilgisizliğimizi göstermemek için; karşımızdaki insanların bizi daha farklı görmeleri için daha da fazla dışımıza odaklanıyoruz.

Biz aslında çoğu zaman kendimizi anlattığımız kelimeler gibi değiliz. Sadece dilimize söylettiriyoruz. Dar zamanda kazanıyor gibi görünsek de, bu bakış açısıyla uzun zaman diliminde kaybedenler kulübüne adımızı yazdırıyoruz.

Yok zararı aslında tüm
olanların. Ya bir şeyler katar
sana ya da fazlalıkları alır.
Çare, bazen fırsatlar bazen
de sıkıntılardır. Gönderenin
hazinesi bitmez sen kapını
açık tut. Ha bir de fırsatlar,
tozlu kapıdan girmez. Biraz
kapının önünü süpür.

İçsel Yolculuk ve Kazanımlar

Uzay aracının yolculuğu bizlere farklı mesajlar verir. Öncelikle uzaya gidebilmesi için çok gelişmiş yazılıma ve yerden havalanması için güçlü motorlara ihtiyacı vardır. Yerçekimini yenmeye çalışır öncelikle, en fazla gücünü burada harcar. Dünya onu bırakmak istemez, daha da zorlar onu. Yükseldikçe ve farklı bir ortama girmesiyle birlikte, sürece başladıkları ekipmanlar görevini yitirmeye başlamıştır. Artık sadece yük olmaya başlamıştır onun için. Farklı boyutlara adım attıkça, artık yalnız başına kalmaya başlar.

İnsan da aynı şekilde mükemmel bir yazılımla dünyaya gönderilmiştir. Zorluklar, sıkıntılar, problemler sürekli olarak tutarlar ayağa kalkamasın diye. O zaman sahip oldukları ve yanındakiler bir bakmış ayağa kalktığında ve farklı bir duruma geçtiğinde kendisinden uzaklaşmaya başlamış. Önce insan yanlış bir şey varmış gibi ne oluyoruz diye sormaya başlar kendisine. Sonra bakar ki asıl yolculuğuna başlamıştır ve tek başına devam edecektir. İçine doğru ilerledikçe uzay aracı gibi sürekli olarak yenilikler bulur ve şaşırır.

En güzeli bulma yolunda kazandıklarımızı kaybettiklerimize tercih edebiliyorsak, huzurla ve rahatça düşünebiliriz ki; endişe etme, seni yoktan var eden de, sana sonsuz sevilme fırsatı veren de, senin için daha da fazlası vardır. Sadece Allah'tan iste, tüm dünya sana vesile olsun istemez misin?

Başkasının acısından mutlu olmak, artıklardan beslenmek gibidir. Ne tat verir ne de doyurur. Hep aç gezerler ve onları ancak başarı durdurur. Sen mücadelene devam et, sakın bırakma! Başkasının açlığı ya da tokluğu bitmez. Öfkene yenilip kimseye yem olma.

Kendinle Uğraşı

Başkası dediğimiz insanlar asla birlikte olmayacağımız, farklı zaman dilimlerinde karşılaşamayacağımız anlamına gelmiyor.

Biz yakınlarımıza veya hiç tanışmadıklarımıza çoğu zaman öteki gözüyle bakıyoruz. Düşüncelerimizi de o yönde değerlendiriyoruz. Oysaki dayanışma ve yardımlaşma duygusuyla güzellikleri birlikte bulabilecekken; rekabet ve haset duygularını ön plana çıkarıyoruz. Bizler sanki sınırlı olan şeyleri paylaşamayacağız duygusuna kapılıyoruz.

Ne zaman ki insan kendi sorunları ile uğraşmaya başlıyor, çözümü kendini değiştirmekle elde edebileceğini düşünüyor, işte o zaman başkalarıyla ve kendini ilgilendirmeyen düşüncelerle uğraşacak vakti kalmıyor.

Başkalarını sürekli olarak değiştirme derdinde olup, kendi sorunları gözüne batmamaya başlıyorsa, kendisini sürekli haklı görmeye çalışıyorsa, başkası üzerinde baskısını daha da arttırıp, bu şekilde bir tatmin yolu arıyorsa, demek ki kendisiyle uğraşmayı bırakmıştır. Kendi gelişimini bir rafa kaldırmıştır.

Bizlerin ne zaman işi yolunda gitse, diğer taraflardan bir problem yaşarız. Ne zaman işimiz kötü gitse, başka bir yerden, ummadık şekilde yardım buluruz. Hayatta hiçbir zaman tamamlanmışlık duygusunu yaşayamayacağız. Asıl soru ise; neyden mahrum kaldığında gerçek huzuru bulabilecek veya kaybedeceksin?

Hiç yanında olmayan birinin
hep aklında olması sevgi değil,
alışkanlıktır. Kendi zamanındaki
kişiyi sevmişsin sen. Ümit ettikçe
bağımlı olmuşsun kendi içinde,
fırsatlar vermişsin bıkmadan. Ama
seni üzen onun gözlerinde verdiğin
değeri hak etmediğini görmek.
Buna da alışırsın. Almadıkça
eksildin ve o seni kurtaracak
zannettin. O yok ve hiç olmadı.

Hayal ve Gerçek

Düğme yanlış iliklenmeye başladığında, nasıl ki tüm düğmeler yanlış yeri kapatmaya başlıyorsa; aynen onun gibi bir ilişkinin temelleri nasıl atıldıysa o şekilde devam ediyor.

Eğer ki huzur ve uzlaşma kavramları ön planda ise; mutluluk ve huzur yolunda ilerlemek için çaba gösteriliyor demektir.

Eğer ki hükmetme ve değiştirme ön planda ise, o zaman birbirini engellemek ve sağlıklı ilişki kurmamak için ellerinden geleni yapıp birbirlerini üzüyorlar demektir.

En çok rastlanılan ise bağımlılık hali; yani sen olmadan yaşayamam düşüncesi. Bu bakış açısı ile bağlandığında, narsist bir yön ortaya çıkıyor ve sanki onun bir organıymış gibi istediği yöne hareket etmesini istiyor. Amaç sadece yönetilmek ve yönetmek, yalnızca bir şeyler elde etme duygusuyla yaklaşmak ve o kişiyi ele geçirmek.

Kendimizi tanımladığımız şeylerin
sayısı azaldı. Artık her yerde varlık
hissedemiyoruz. Bu sebeptendir
Instagram'daki değişen
pozlarımız. Nerede olduğumuzu
ve kimin yanında nefes aldığımızı
bildirmenin gücüne köle gibiyiz.
O pozu vermekle değerlerini hiçe
sayanlar artmaya başladı. Kimse
pozundaki gibi değil, çünkü pozlar
gerçek değil.

Tanınma ve Onaylanma

Tanınma ve buna bağlı olan onaylanma arzusu günümüzün bize en fazla dayattığı başlıklardan geliyor.

Göründüğün kadar varsın ve bu görüntüyü sürekli güzelleştirmek için neyin var neyin yoksa heba etmelisin.

Hiçbirimiz fotoğraflarda mutsuz değiliz, mutluymuşuz ve hiçbir sıkıntımız yokmuş gibi zannetsinler çabasındayız. Güçlü görünerek, içten çok dışa önem vererek kendimizi bir kartvizit gibi insanlara sunmaya başladık.

Birbirimizin bu hallerini gördükçe, bizi böyle görenler kendisinin öyle olmadığını ve olamayacağını görüp, düşündüğünde farkında olmadan ruhsal problemlerine bir yenisini ekliyoruz.

Benim neyim eksik diyoruz kendimize, çelişki bu ya; o anda da bir başkası bizim bu sürekli mutlu ve eğlenen hallerimize bakıp aynı duyguları yaşıyor. Hepimiz aynı konudan mustarip olmamıza rağmen gerçeklikten kopmaya kendi elimizle devam ediyoruz.

Zanlarımızla yaşıyor ve kendimizi hiç olmadığı kadar harap ediyoruz. Bir kere de kendimize sorsak; gerçekten buna ihtiyacım var mı ve bu yaşadıklarım olmadan da hayatıma devam edebilir miyim? Eğer ki bu sorulara kendimi tatmin edici cevap veremiyor ve kaçamak cevaplar ile geçiştiriyorsam, tehlike çanları bizim için çalıyor demektir.

İnsan iyilik yaptığından karşılık görmez, adı alışveriş olmasın diye. İyilik yapılan kıymet bilse de bilmese de yüzündeki tebessüm bir yere yazılır. İyilik yapanın zor zamanı beklenir ve yaptığı iyilik unutulur. O tebessümü melekler alır ve duaya dönüştürür. Başka birinden yardım görür. Galiba birbirimizin dualarının karşılığıyız. Kırmayalım birbirimizi, bir gün yüzündeki tebessümün sebebi olabilirim.

Başımıza Gelen Güzellikler

Beklentisiz ve karşılıksız olarak yapılan iyiliklerde saklı aslında tüm güzellikler. Çoğu zaman içimizden gelmese de en sevdiğimiz bir eşyamızı hiç düşünmeden paylaşmak, işte orda başlar gerçek fedakârlık.

Karşılık görseydik yaptıklarımızda, hemen egomuz devreye girecekti. Kendisine, ne kadar da herkesi mutlu ediyorsun diyerek kendini farklı bir konuma getirecekti. Yalnızca mutluluk veren, yani hatasız biri olarak kendisini görecekti.

Başkasının içinden samimiyetle gelen bir sıcak bakış ve gülümseme ardından usul usul sözlere dökülür ve yavaş yavaş semaya yükselir. Bu yükselişte insanlar adına sürekli olarak bu dualar tekrarlanır melekler tarafından.

Duymadığın ve hissettiğin güzeldir. Kimin seninle ilgili ne söylediğini bilmesen de; karşına hiç ummadığın anda karşıdan karşıya geçerken seni kurtaran bir eldir veya en sıkıntılı olduğun yetim bir çocuğun gülümsemesidir.

Kendi hayatında istersin ya
güzel şeyler. Açılsın kapılar,
barışalım, işler yoluna girsin,
iyileşelim, en güzelinden. Biliyor
musun aslında her şey şu an
olması gerektiği gibi. Bende olan
sende yok, sende olan da bende.
Birbirimizin eksikleri değil mi, bizi
birbirimizden haberdar eden?
Ya bakıp yardıma koşarız ya da
kaçarız. Koşanlardan olalım...

Zarara Girmek

İnsan sürekli olarak tamamlanmak ister, bir başkasında var olanı almak ve kendi varlığındaki güzellikleri de paylaşmak için uğraşır.

Hiç bitmeyecek alışveriştir bu, ki son nefese kadar devam etmektedir. Ne zaman kişi ihtiyaç hissetmemeye başlar başkalarına; öneriler ve rehberlik almak artık egosuna zarar vermeye başlar, işte o zaman ruhsal sıkıntılar da başlar.

Kendini boş hayallerle kandırmaya çalışır, farkında olmadan sürekli yalnızlaşır ve bir bakar ki yanında kimse kalmamış.

Kişi buna mecbur olmamıştır, o bir tercih yapmıştır sadece, kimseye de kızmaya, bağırmaya hakkı yoktur, çünkü kendisi bile bile bu yola girmiştir.

Zarara rızasıyla girene merhamet edilmez denir, öncelikle merhameti hak etmesi gerekir.

Kopar bazen inceldiği yerden
senin koparamadıkların. Oysa ne
emekler verdin değil mi? Nasıl da
özenmiştin! Kıymetini yanındayken
anlamaz bazıları. Kopmak, gitmek
gerekir bazen. Kimi yanındayken
kimi de uzaktayken değerini
bilir. Sen yine de bitmelere
üzülme, çünkü her bitiş kendini
iyileştirmen için bir fırsattır.
Kendini unuttuğun zaman acıların
hatırlatır sana. O acılarını da SEV.

Anlamı Kaybetmek

Bizler en yakınımızda olduğunu düşündüğümüz insanlara ne de olsa elimde ve kaybetmem duygusuyla içimizdeki hastalıkları onlara boca eder dururuz. Bundandır ki gerçek aşklar aslında kaybetmeyle başlar.

Tarihimize bakıldığında, her âşığın aslında yaşayamadıktan sonra âşık olduğunu fark ettiğini ve duygularını daha da yoğunlaştırdığını görürüz.

Herkesin kendine göre değer verme anlayışı farklılık göstermektedir. Sürekli olarak düzen kurmak isteyen biri, sabitliğinin bozulmasını istemeyecek ve bu duygudan kaçmaya çalışacaktır.

Bir ayrılık veya kayıp yaşadığında ise hayatı sırf karşıdakinin bakış açısıyla kurduğu ve onunla anlamlandırdığı için ilk başta anlam duygusunu kaybetmeye başlar. Anlayamadan geçer uzunca süre, iyi ki de anlayamıyordur, çünkü bu duygu insanı kendisine zarar vereceği davranışlardan koruyan bir kalkandır.

Yeni bir anlam ilişkisi kurmak ise insana zor geldiği için hep geriye dönme ihtiyacı duymaktadır, bu duyguyla yüzleştiğinde ve yeni hayatlara yelken açtığında, güçlenmeye başlayacaktır. Hayatın altüst olmasından korkan bir insana asırlarca öteden hâlâ sıcaklığını bize hissettiren Şems-i Tebrîzî seslenir: Hayatın altüst olmasından niye korkuyorsun, nereden biliyorsun altının üstünden daha güzel olamayacağını?"

Alma büyük kararlar, girme büyük risklere. Var olan durumunu koru. Zaman kendini koruyamayanları eliyor tek tek. Bazen başarı, yeni bir şey yapmak değil, eski duruma sahip çıkabilmektedir. Şimdi bir bak, işine, ailene, çevrene, parana. Unutma ki, olan olmayandan daha hayırlıdır bazı zamanlarda.

İstekler ve Sonuçlar

Çoğu zaman elimizde olanla yetinmeyip daha fazlasını ararız. Bu iyileştirilebilir bir duygudur. Eğer akıl ve mantık devreye girip bu duyguların daha sağlıklı ortaya çıkarılması için bir amaç edinirse, başarılı bir adım atılmış olur.

Ne zaman ki boyumuzdan daha büyük bir denizde yüzmeye çalışırsak ve ben yaparım duygusu ile akıl ve kalbi devreye katmadan, hiçbir hazırlık yapmadan girişimde bulunursak, boğulmamız içten bile olmayacaktır.

İsteklerimizin bizler için her zaman hayırlı olduğunu düşündüğümüzde, yanılgılar da o zaman başlar. Neden benim yok ve neden olmuyor sorusuna elimizden geleni yaptıktan sonra hâlâ soruyorsak; Allah'a bırakamıyorsak sonuçları; bu düşünceler bizlere hastalık olarak geri dönmeye başlar.

Her sözün, her adımın ve hatta her tavrın bir tohum gibi ekilir hayata. Niyetin ve ısrarın büyütür, besler hepsini. Ektiğin iyilik ve faydaysa, zor günlerinde yeşerir ve çıkar karşına. Kötülük ve zararsa, hoş günlerinde yeşerir ve gelir başına bela. Sen şimdi bugün bir tohum ek ey insan. Sanki zor günler devam edecek gibi hâlâ...

İlk Adım

Hangi tohumu ektik de bitmedi der Mevlânâ.

Güzel ülkemizin değerli insanlık anlayışı ve geçmişimizden gelen kültürel mirasımız, bizlere sürekli olarak iyilik peşinde koşmayı öğütler. Bu iyiliği yaparken de bir elin verdiğini diğer el görmemeli düsturunu bizlere söyler. O kadar çok güzelliklere asırlar boyu kendisini açmış insanlığımız, neden tekrardan bu güzelliği açmasın ve temsilcileri neden biz olmayalım ki?

İyilik ekerse gönüller, iyilik bahçeleri yetişir. Bir üzüm tanesi verirsin bir insana, sana bir bakmışsın birlikte içinde koştuğunuz bahçeler verilmiştir. Yeter ki insan bunu iyi bir niyetle yapsın, çünkü burada yapılanların az veya çok olması değildir. İyilik az bile olsa önemli olan iyi niyetli olmaktır.

Birler bin olur iyi niyet varsa; bu fırsatı neden kaçırmak istesin ki; insanımız ki bu genlere doğuştan sahip ve çevresi ona sürekli bunları yaşatmışsa...

Belalar geziyor ortalıkta. Acı ve stres tüm sokaklarda. Her gün bir haber, her gün ne olacak korkusu. En çok kullandığımız cümle oldu: "Başımız sağ olsun" ve "Allah korusun". Kabul olacak dualara ihtiyacı var ülkemizin. Birbirimiz için, Türkiye için. Her şeye rağmen iyileşeceğiz. Hadi, bir dua edelim...

Konforumuzun Bozulması

İnsanlığın ölümü çağını yaşıyoruz belki de bu aralar. Duygular köreliyor; bir hissizlik tufanı almış başını gidiyor.

En yakınımızdaki insanın derdine çare olmaya çalışmak bile zor geliyor bizlere, ekranlardayız ve sürekli olarak oradan izliyoruz hayatı ve gerçek dünya orada zannediyoruz.

Her gün gördükçe kötülükleri alışıyoruz ve içimizden artık bir şeyler yapmak gelmiyor iyilik adına. Kötülükler ve başımıza gelen sıkıntılar karşısında hareketsiz ve uyuşmuşuz bir şekildeyiz.

Hep başkaları çözsün zihniyeti çöreklenmiş üzerimize, çünkü çözmeye çalıştıkça başıma kötülükler gelir düşüncesiyle aslında kötünün önünü açmışız farkında olmadan.

Ne zaman rahat koltuklarımızdan ve konfor arzumuzdan geçersek; işte o zamandan sonra anlayacak aslında şimdiye kadar ne kötülüklere imkân verdiğini.

Şimdi bir karar ver desem, neyden vazgeçeceksin? Aldığın her kararda vazgeçeceğin bir şey olmalı. Bize aldığımız kararlar değil, vazgeçeceğimiz şeyler zor geliyor. Her ikisi bir arada olmuyor. Bırak, özgürleş sonra yolun açılsın. Kararın ne? Neyi gözden çıkarabilirsin?

Seçimler ve Pişmanlık

Seçimler her zaman insanı zorlamıştır. Arada kalma durumuyla hangisinin kendisi için iyi olacağını düşünememesi hali, çoğu zaman ikisini de seçmeden kaçmaya neden olur.

İnsan seçtiğinden dolayı değil, kaybettiğinden dolayı pişmandır çoğu zaman, oysaki seçim yapmadan önce başka insanların da düşüncelerini dikkate almaktır. Yani istişare etmektir. Kötüyü seçse bile, görünüşte sonu bundan dolayı hayırlı olacaktır.

Buradaki en önemli nokta, işte bu istişarenin nasıl ve kimlerle yapılacağıdır. Yoksa insan tek başına kaldığında karar vermesi zorlaşır. Aslında yalnız değildir, farkında olmadan kötü düşüncelerden hep kurtulmaya çalışır, oysaki gerçekten güvendiği insanlarla fikir alışverişi yaptığında, kalbi huzurlu bir şekilde, aklı diğer tarafta kalmadan seçimini yapabilecektir.

Bilemediğimiz konuda danışmaya, bildiğimiz konuda ise farklı bir açıdan bakmayı sağlayıcı ve düşüncemizi pekiştirici istişareye o kadar ihtiyacımız var ki...

Ne kadar çok insan var etrafında. Ne kadar çok gürültü ve ne kadar çok olay. Bu kadar uyarıcının olduğu bir yüzyılda, her yere yetişme telaşındasın. Stresin çoğu senden değil, etrafında olanlardan geliyor. Hepsini anlamaya çalışma. Alma herkesin yükünü, boşalt az az! Sorarlarsa ne oldu diye, kendimle ilgileniyorum de. Unutmuşum biraz.

Kendinden Başlamak Değişime

Çoğu zaman bizi hiç ilgilendirmeyen bir konuyu hayatımızın odak noktasına koyarız. Sürekli onun üzerine kafa yorup, çözmeye çalışırız. Oysaki bizim seçimlerimizle hayatımıza giren konular çoğu zaman bizi engelleyen ve asıl yapmamız gereken şeyleri unutturan bir neşter olmuştur.

Ardından ise vicdanen rahatsız olduğumuz için asıl yapmamız gerekenleri yapmadığımız için hızlanmaya çalışırız, ancak bu sefer de nereden başlayacağımızı bilemeyiz.

Sürekli kısa vadeli mutluluklar ve düşünceler üzerine eğiliriz, kök salamaz hiçbir düşünce bizde, kendimizi bırakamayız en derinlere, yani kendi içimizdeki güzelliklere...

İnsan kendisi ile uğraşmaya başladığında başka şeyler ile uğraşacak zamanı kalmaz. Başkalarını ve etrafımızı değiştirme telaşından önce, insan öncelikle kendini değiştirmeye çalışmalı ki, bu süreç son nefesine kadar devam eder, bir bakmış ki kendini değiştirmeye başladıkça çevresi de değişmiş ve farkındalığı artmış. Amaç ise sadece kendisini keşfetmektir. Kendisinden yola çıkarak sürekli bilme merakı duymaya başlar.

Hiçbir şey istediğin zamanda, istediğin kadar olmaz. Biraz geç olur, çünkü arkadaki zamanda sabrı öğren diye. İstediğinden az olur, çünkü tamam deyip tembelleşme diye. Hiçbir şey düşündüğün kadar kötü olmaz, beklemediğinden erken gelir. Daha beterine tanık eder, çünkü sana gelene şükret diye. Erkenden sıkıntısı gelir yanındakilere bak ele diye. Sen ne yaparsan yap insan, sonuç değil sadece süreç elinde.

Süreç ve Sonuç

İnsanoğlu ne zaman ki sonuçlarla ilgilenmeye başlar, işte o zaman sıkıntıları da aynı oranda artmaya başlar. Bir saniyesinin dahi sonrasını bilemiyorken; belki de son nefesini alıyor ve dışarı verememe ihtimali varken, sürekli ileriyi ve sonuçları düşünüp bir şeyler yapma telaşına düşen insanı mükemmeliyetçilik tuzağına sürükler. İşte bu noktada insan her şeyi mükemmel yapma arzusuyla ya hiçbir şey yapamaz veya yaptıklarından dolayı hep umutsuzluk içerisinde kalır.

Oysaki bizden istenen sonucu düşünmekten çok en iyi sonucun ortaya çıkması için elinden gelenin en iyisini yapmaktır.

Yaptıklarından kısa bir süre sonra sonuçlar ortaya çıkmayabilir. O zaman insan sorular sorar kendine, bu kadar yaptıklarım boşa mı gitti diye? İnsan ise şunu düşünmelidir; şimdiye kadar hiç görmediğin, sürekli aldığın havayı bile içinde tutamadın ve sürekli dışarıya verdin. Boşuna mı gitti bunca nefes alış verişlerin, yoksa sen o nefesi verdikten sonra tüm bedenin bir saniyede yenilendi ve hayata devam mı ettin?

Anası "Müge Anlı"yı, kızı "Bu Tarz Benim"i, oğlu "Kurtlar Vadisi"ni, babası "Derin Futbol"u bağımlılık boyutunda izleyenler. UYANIN artık! Sizin kullanmadığınız aklınız, üretemediğiniz fikirleriniz, paylaşamadığınız önerileriniz sosyal problemlerimizi arttırıyor. Uyuşturucu bağımlıları kadar tehlikedesiniz. Her gün aynı dozda, aynı uyarıcıları almayı bırak. Çocuk yetiştiriyorsun, bitki değil. Uyan...

Uyanıkken Görülen Rüya

Koltuk takımlarımızı bile televizyona göre konumlandırmaya başladıktan sonra, yüzü yüze olan iletişimden koptuk. Aynı evde farklı gözler, aynı ekrandayız.

Konuşma yok sadece birbirimizi fark etme var. İzlenen içerikler de gerçek bir dünya gibi algılanmaya başlanıyor. Başkalarının mutluluğuyla hüzünleniyor ve başkasının mutsuzluğuyla mutlu hale geliyoruz. Sadece egolarımıza dayalı kullan at kültürünü yavaş yavaş içimize işliyoruz.

Günümüzün birçok kısmı televizyon başında geçerken, kendimizi, tek eğlencemiz bu zaten, başka neyimiz var ki diye kandırmaya başlıyoruz.

Her türlü güzelliğe muhtaç insan, ihtiyacını tek bir kutudan sağlamaya çalışırken ve o kutu sen istemedikten sonra ömrünün sonuna kadar açılamıyorken bile, nasıl olur da onun esiri olup, yönetilir olduk.

Artık çocuklarımızın başını bizler değil, sanal karakterler ve içi boş hayaller okşamaya başlıyor, rol model aldıklarımız değişiyor ve yanlış yollara hiç de farkında olmadan ilerliyoruz.

Kendi kendimize ve en yakınlarımıza yabancılaşıyoruz.

En çok zamanını alan şeyler ne?
En çok para harcadığın şeyler ne?
En sık düşündüğün şeyler ne?
Şimdi, ulaşmak istediğin hedefleri
yaz!
Karşılaştır bakalım yaptıkların,
ulaşmak istediklerinle alaka mı?
Yoksa hedef başka yere, eylemler
başka yere mi gidiyor?

Hedefler ve Unutkanlık

Yazmak insanı rahatlattığı kadar unutkanlığını da alır.

Söz uçar yazı kalır derler, zihnimizdeki hayaller şekillere bürünür.

Belirli olmayan ve yazılmayan her hedef, ardından atacağımız adımların yönünü tahmin edememememize neden olur. Bir sonraki adımımızda, bilinmemezlikten dolayı bizi her zaman umutsuzluğa ve dipsiz bir kuyuya düşürme riski vardır.

Bu duyguları en aza indirgemek ve elindeki kaynakları en iyi şekilde kullanabilmek için kendine sürekli hatırlatması gerekir.

İnsan kelime olarak da nisyan kökünden gelir, yani çabuk unutur. Hafızasını güçlendirmesi için de hedeflerinin sürekli gözünün önünde ve yazılı olması gerekir.

İlerleyen zamanlarda değerlendirme yaptığında, kendisiyle ilgili hedefine ne kadar yakın veya uzak olduğunu, nasıl daha iyi yapabileceğini gösterir yazdıkları, elinde bir pusulası olur.

Huzurumuzu bozan çoğunlukla yanlış alışkanlıklarımızdır. Hak etmeyeni sevmek, fazlasıyla vermek... Her sorunu çözmek istemek, sürekli bir şeyleri düşünmek vb. hatalı düşünce kalıpları bozar batan geminin malları gibi, kurtul onlardan. Bugün pazar, otur kendine dön. Yaz bakalım, hatta söyle! Nedir huzurunu bozan alışkanlıkların? Fark etmeden, fark edemezsin...

Kırık El

Kırık eliyle mücadele etmeye çalışan bir insan, ne kadar çok mücadele ederse, ne kadar sıkıntı çekerse, her tuttuğunda, alışkanlıkları ve yanlış bildikleri de sürekli ruhuna hep aynı duyguyu işler.

Yanlış yoldan geriye dönmeden, doğru bulma isteği ne kadar zor olsa da insan geriye dönmeyi bir türlü yediremez kendine.

Gerektiği gibi davranamaz çoğu zaman insan; bunun en temelinde de ilk başına geldiğinde canını yakan ama uzun vadede onu yola hazırlayan; kendini tanıma ve keşfetme gerekliliğini atlamıştır. Bu noktayı çözemeden atılan her adım ise, yanlışa doğru bir menzil kazandırır.

Nereye gidiyorsun, yolun nereye çıkar diye bize sorsalar, bilmiyorum deriz, bir yaprak gibi savurulup dururuz sadece; elimizdekileri yanlış bir şekilde ve yanlış yerde kullanırız.

Bundan dolayıdır ki hiçbir zaman gerçek huzura ulaşamaz ve çevremizdekileri de ulaştıramayız.

Kulağımı boş laflardan, gözümü sahte tavırlardan, kalbimi çıkarcılardan, aklımı zeki ve kötülerden, elimi samimiyetsiz sıkanlardan, sırtımı dost maskelilerden, evimi gözü kalan misafirden, soframı haram ekmek edenlerden, yolumu senden ayıranlardan, iyiliğimi hep kendine isteyenlerden, sevgimi hak etmeyenlerden koru bizi Allah'ım...
Bunlara rağmen temiz kalmaya var mısın?

Kıssadan Hisse

İnsanlar korku halinde panikleyerek kaçıyorlardı. Yaşadıklarından dolayı herkes bir sığınak arama peşindeydi, saklanmak istiyorlardı.

Bu sırada kendinden emin bir şekilde çocuk geçiyordu herkesin içinden; hiçbir şeyden haberi yok gibi görünüyordu.

Bir anda herkes yavaşlamaya başladı. Sadece o çocuğu izlemeye ihtiyaç duydu.

Çocuk ise herkesin saklambaç oynadığını düşünüyordu, her şey bir oyun olmalıydı. Aranmaya başladı gözleri, bu oyunu gerçekmiş gibi algılayanlara baktı.

Şaşırdı öncelikle, herkes bir şeylerin peşindeydi ama yaptıklarının kaçının gerçek, kaçının oyun olduğunu düşündü.

İnsanlar kendilerine sorular sormaya başladı. İçinden geçenlere küçük bir çocuğun tercüman olacağını düşünemezlerdi.

Tek başına hiçbir şeyden habersiz gibi görünen çocuk insanları haberdar etti. Zaten güzellikler de saf ve masum kişilerin omuzlarına bırakılırdı.

İnsan var beğenmez verdiğin yeri,
çeker gider. Ne beklentiyle geldi de
umduğunu bulamadı? Hani arkadaş,
dost, akraba ya da aşktık biz? İşine
gelmeyince her şeyi bahane eder.
İnsan var yere değil değere bakar,
sabreder, kalbini kazanır. İlk fırsatta
gitmeyi değil, kalmayı seçer... Azdır
onlar, kalabalıkta görünmezler.
Yalancıları beklerler gitsinler diye,
çünkü sadakat hep sınavdan geçer.
İşte bak, kimse yerini seçmez,
sadece hak eder...

Pişmanlık ve Hız

Kolaycılık istiyoruz her an, her konuda ve hızlıca tüketmek. Sevgilerimizi ve ilişkilerimizi aynı sarmalın içinde çeviriyoruz.

Rahat değiliz aslında, çünkü her seçimi diğerlerinden ayrı, elimizden giden bir kayıp gibi görüyoruz. Aklımız hep seçmediklerimizde kalıyor. Seçtiğimizi doyasıya yaşayamıyoruz. Tercihlerimiz arasında salınıp duruyoruz ve anı yaşayamamaya başlıyoruz.

Pişmanlık ve keşkeler çörekleniyor ruhlarımıza. Kaldıramayacağımız yüklerin altına giriyoruz. Yüz hatlarımızdan anlaşılıyor hayal kırıklıklarımız. Omuzlarımız bunca yaşanmışlığın altında düşüyor.

Geçmişi sürekli yaşayamama düşüncesi akla geldikçe; yeni anlarımız da keşkelerin arasına giriyor. Ne yaman çelişkidir ki hem pişman oluruz hem de her saniye tekrarlarız aynılarını.

Eğer ki bizler yanlışlarımızdan vazgeçmeye çalışır ve dişimizi sıkarsak; sabredip artık sıranın kendimize de geleceğini düşünürsek; beklentilerimizi insanlardan oluşturmasak; işte o zaman kişiye hak ettiğinin fazlası bile verilebilir.

Bu sefer de hayal ettiğimiz gibi olmamıştır ancak hayal kırıklığına uğramamışızdır, çünkü hayallerimizde fazlasıyla karşılaşırız.

Biri hakkında öğrendiklerini bir başkasına anlatmak için yanıp tutuşanlar! Ne kadar saklayabilirsiniz kendi siyahlarınızı başkalarının dedikodularıyla? Adına dedikodu saati dediğiniz masalarda anca dekor olursunuz. Âciz olana vah vah, başarılı olana ah ah dersiniz. Birbirine düşürdükleriniz gün gelir dost olurlar. Bu sefer ahlak masasında yancılık edersiniz. Unutma sakın! Dedikodu yaptığın kişinin günahı sana, seninkiler de ekstra bonus olur. Yanındaki kalabalıktan güç alma, sen havladıkça kemik atan çok olur.

Çamurun İzi

Başkasının hataları ve açıklarında sürekli yelken açma merakımızı bastıramıyoruz. Bu duygularımızı da iç rahatlatma aracı olarak görmeye başlıyoruz. Terbiye edemediğimiz nefsimizin oyunları ile karşı karşıya kalıyoruz.

Başkasının mutsuzluğuyla mutlu olmayı düşünmek, kendimizi en aşağı konuma getirmeye başladığımızın işaretidir.

İnsanın görevi, başkalarının hata ve kusurlarını duysa bile kapatmaya çalışır. Gerçek bir insanlık bakış açısı bunu gerektirir. Başkası hakkında yapılan dedikodu, insanların açıkları ve yanlışları bizleri yalancı bir kişilik konumlandırmasına doğru iter.

Kendimizi bu tür bir konumlandırmayla aslında ne kadar da çok temize çıkarmaya ihtiyacımız olduğunu görmezden geliriz. Aslında kendimizi de burada ele vermiş oluruz.

Söylenir ki başkasına çamur attığında eline bak o çamur başkasına ulaşmasa da senin elinde muhakkak ki çamur kalacaktır, temizlenmeye çalışıp üstüne başına sildikçe, daha da kirleneceksin.

İnsan kendini ne zaman unutur bilir misin? Bir başkasının gözlerinde, sözlerinde ve tavırlarında kendini göremediği zaman. İşte o zaman kaybolur ve daha çok üstüne düşer başkasının. Göster içindeki beni diye. İnsan kendini ne zaman bulur bilir misin? Canını yakanı, hakkını yiyeni, ihmal edeni Allah'a havale ettiği zaman, çünkü o kadar çok hakkın var ki, hepsini bilir, zamanı uzatıp sabır verir sana, yanlış yapanı yıkar ummadığı anda. Çünkü sana şükrü, diğerine de tövbeyi öğretir. İşte budur dünya.

Mükmemmel Sistem

İmtihan dairesinde aynı yörüngelerde koşanlarız her zaman. Ne birbirimizden çok uzağız ne de o kadar da yakınız.

Mesafeler bazen kısalır bazen ise uzar bizlerin arasında. Kimi zaman üzülen ve hayal kırıklığına uğrayan oluruz, kimi zaman da üzen ve başkasının hayallerinde yıkan rolünü oynarız. Bu roller kişinin kendi iradesiyle seçtikten sonra tarafını belirlemesidir.

İmtihan olunan mı istersin başkası tarafından, yoksa diğerinin imtihanı mı olmak istersin?

İşte burada belirli olur sabrının ve gönlünün dereceleri. İmtihan olunan isen, her zaman ve böyle düşünüyorsan, kimin senin için imtihan olduğuna bak. En yakındakilerinden hangisi?

Her zaman bu döngüde kalacaksın. Sen olabildiğince başkalarının imtihanı olma, sen çektiğini düşünsen bile acılarını senden daha iyi bilen var, şahdamarından bile sana yakın olan. Sen öncesinde de, şu anda da ve sonrasında da O'nundun, O'nunsun ve O'nun olacaksın. Allah'a havale et ve üzerine aldığın yüklerden kurtul.

Allah var, gam yok...

Seni seviyorum "çünkü..." deme! Noktadan sonrası belli mi olur, biter. Sevgin azalır. "Eğer..." yaparsan seni severim deme! Eğer'den sonrası unutulursa sevgin azalır. "Her şeye rağmen" seni seviyorum de! Ne olursa olsun sevildiğini bilsin. En azından hatasıyla gidince, tek sevenin sen olduğunu bilir. Kıymet bekleme "rağmen"li sevgide. Rabbin sevgisi gibi, kul ne yaparsa yapsın kapın açık kalsın. Zaten dönüp dolaşıp nereye geleceğini bilir.

Sahici Gerçeklik

Kalp o kadar saf ve temiz ki içindeki gerçekler açılabildiğinde...

İçinden gelen duygularını aklın süzgecinden geçirmeye gerek duymadan karşındaki insana açarsın bazen. Kaç kapı olursa olsun, gel bu kapıdan da gir dersin.

Hatalarınla insan olduğunu gösteriyor dersin ve sadece bu yüzden bile buyur edersin.

Hata yapmasaydık ve herkes hatasız olsaydı, insanca sevme ve sevilme diye bir duygu tadacak mıydık?

İnsanı hatalara sahip oluşu değil de, tertemiz sevgi yönetmeye başladığında cesareti ve gücü o zaman duymaya başlar.

Sonsuz sevginin çok küçük bir gölgesini gördüğünde, insan çok mutlu olabildiğine göre, sonsuz sevgi ile bütünleşmek insana neler yaptırmaz ki?

Kendine sahici güvenin geçtiği ana noktalar burada başlar. Sevmek ve sevilmek, tek taraf olmadan alışverişte bulunmak. Gel lütfen, diye seslenmek, kapımdan gir, geç en güzel yere diyebilmek.

Serinler iki sevgi sahibi gölgeliklerde, zarar vermez onlara aşırı sıcaklar. İki taraf da özgürleşir ve her zaman düşündüğümüzden fazlasını verir sevgimiz.

Huzuru gerçekten nerede
ve kimde bulduğuna bak.
Genelde başına iş açanlar,
sevdiğini zannettiklerindir.
Huzur bulduklarin ise ihmal
ettiklerindir. Birinin acısını
başkasının şefkatiyle dindirirsin.
Ama sen yine gider, şefkat vereni
incitirsin. Neden mi? İnsan işte,
acıtanı sever. O acıttı, o gelsin,
dindirsin dersin. Çok beklersin...

Geçmişin Yansımaları

Sağlıksız ilişkiler bütünü olarak tanımlarız kendimizi. İlk başta kendinden başlar yanlış bakmaya, bir türlü istediği gibi birisi olamıyordur. Sorunları ne kadar dışarıda arasa da artık gözlüklerini değiştirme vakti geldiğini görmeye başlamalıdır. Farklı renklerin de var olabileceğini düşünmek ve onları görebilmek için epeyce bir zamana ihtiyacımız vardır.

Hep dışımızdaki insanları kötüleriz, hatalarımızla bir türlü yüzleşemeyiz. Amacımız başka hayatlara müdahil olmak ve hükmetmek olduğunu çok geç anlarız.

Huzur bulduklarımız bize her zaman elimizin altında gibi gelmeye başlamıştır. Hiç değişmeyecek bir tablo gibi zannederiz yaşadıklarımızı. Hiç solmaz renkler diye düşünürüz, ben görmek istedikçe. Ancak ne zaman ki bizim alıştığımız ve normalleşen ilişkilerimiz ya ayrılık ya da ölümle bu dünyada son bulur, işte o zaman siyah ve gri renklerin olabileceğini de görürüz.

Ben kötü değilim diyerek
çıkamazsın işin içinden.
Yapmadığın iyiliklerin
hesabını vermek de
zordur. Belki dünyanın bu
hali yapılan kötülüklerin
değil, yapılmamış
iyiliklerin sonucudur.

Sorumluluk Bilinci

İyiliğin ve kötülüğün kavgası ilk insandan beri yaşanır. İnsan her anını nerede geçireceğini ve hangi tarafta olacağını seçmek durumundadır.

İyiliğe ya da kötülüğe adım atmadan önce sonuçların neler olabileceğini kendisine söylemek durumundadır.

İnsan genelde mükemmeliyetçi bakış açısıyla; bir iyilik yapıp görünüşte küçük bir yararı olacağını düşünür. Örneğin bir taşı, başkası takılıp düşer diye sokaktan kaldırmayı önemsemez veya bunu yapmak istemez.

Yapmadığında ise, başkasına zarar verebilecek bir durumu eliyle düzeltmemiştir. Farkında olmadan ise kötülüğe hizmet etmeye başlamıştır.

Elinde imkân varken bunu kullanmamak, yani iyilik yolunda bilinçli bir şekilde adım atmamak, hava varken nefes almamak için ağzını, burnunu kapatmaya çalışmak gibidir.

Nefessiz kaldığında bedeni nasıl ki tükenmeye doğru gider, aynı şekilde iyilik yapmadıkça ve kötülüğü engellemedikçe de kalbi ve ruhu acı ve ıstırap içinde iki büklüm olur.

Erkekler kadınlara liman olmayı severler. Kadınlarsa yüklerini boşaltacak limanları iyi seçer, çünkü sürekli demir atmayı sevmezler.

İnsanın kendisinden beklentisinin artma halidir mutluluk. Mutsuzluk ise kendisinden beklentisinin azalıp başkasından beklentisinin artma halidir.

İnsan en çok an'dadır, onu da anlamaz. Bırakın geçmişi ve geleceği, *Carpe Diem* ile gerçeğin şimdide, an'da olduğunu keşfedin.

Aslında hayat fısıldıyor sana gerçeği... Ona dokun ve hisset, çünkü bu senin hikâyen! Hayatın güzelliklerini *Dolce Vita*'yla keşfet.

Bu kitabı okumayı bitirdikten sonra unutucaksınız beni, hayatınıza dönüp kaybolacaksınız, çünkü bizim gibiler sessizdir, kimseye anlatamazlar.

Aldatmak erkeklerin doğasında gerçekten var mı? Yoksa erkekleri aldatmaya iten kadınlar mı? Peki ya kadınlar? Kadınlar neden aldatır?